JN041187

まえがき

70歳を過ぎた。晩年だ。

仕事、家族、自分の目標など、およそのことは形がつき、これからあまり変わらないと思う、いや変わってほしくない。この歳で新しい事態に対処するのはしんどい。

では残り少なくなった日々をどう生きてゆこうか。

漫然と、で良いのかもしれないが、心の充実感はほしい。それは何か。そろそろ自分の人生を振り返ってみるときかもしれない。いろいろ苦労したが、何かを求めて成長してきたと思いたい。自分がめざしてきたものは何だったか自分に聞いてみよう。

そして今、求めるのは心の安泰だ。それを何に託そう。

答えがあった。豆腐だ。

豆腐はそれ自体でうまいが、おでんも、鍋も、すきやきも脇役として欠かせない。

脇役だが最後はいろんな味を吸っていちばんおいしいものになる。やわらかく純白の姿は清浄に生まれてきたはずのわが身だ。それが人生のいろいろを吸収し、ほのかに色もついて、豊かな味になっている。「肉はいらないから、最後の豆腐はくれ」という中高年男は多い。

その豆腐が主役となるのが「湯豆腐」だ。昆布を敷いた鍋に豆腐を沈めて、温めるだけ。単純なだけに味わいは奥深く、飽きない。ながい人生にたどりついたのはこれだったか。

70歳、これからは湯豆腐だ。

◎目次

いつもいつもの心がけ　45

旅のあとさき　137

趣味と暮らす　157

誰かのために　185

写真　米谷 享
イラスト　太田和彦
ブックデザイン　横須賀 拓

これまで、これから

あきらめると楽に

高年齢になったら、いろいろをあきらめれば生きやすくなるとよく言われる。なるほど。もう出世はあきらめた（まだ考えてたのかい）。裕福な暮らしはあきらめた（できると思ってたんか）。モテるのはあきらめた（あっそ）……そんなことではなく。

物欲はなくなる。これはたしか。ブランド品などまったく興味がなくなった。服なんかいらない。高級外車？　バカじゃないか。物よりも心の安定だ。したがって買物をしなくなったから節約になる。歳をとったら頼りはお金だ。

良い人に囲まれて暮らす。これはあきらめたくないが、であれば自分が良い人になるように努力せねば。他力本願ではだめ。良い人になれば良い人が集まる。

何かを達成する。楽器をマスターする、バイクで日本一周する、百名山をめざす、もう一度入学して生涯学習する。向学心、体を動かす意欲、目標をもつ。いずれも大切なことだが、すでに74歳。金も体力も必要なことはもう無理しないほうがよい。

いろいろあきらめたらすごく肩の荷がおりた。高望みどころか、望みはなし。もうひとりでいい。夜一杯飲めればじゅうぶん。これは楽だ。

目標のない生き方、人生はあるのだろうか。

ある。隠居だ。

社会に参画しようなどと思うな。外に出て四季を愛(め)でる、落語を聞いて笑う、パソコンでネット探索、草花を育てる、家庭菜園を借りる。そう、「隠居」こそ理想ではないか。

以前、更新を機に運転免許証返納のため、最寄りの警察署に行った。手続きはすぐ終わり、身分証明に使える「運転経歴証明書」を手にした年配の制服係官は、私の顔を見て「いつもテレビ見てます。これで飲酒運転のおそれはなくなりましたね、わははは」と笑った。はい、番組やってますがよけいなお世話じゃわい！

しかしその日以来、運転事故をおこす可能性はゼロになり、つくづくほっとした。高齢なのに「オレの生き甲斐」と免許証にしがみつく親に手を焼く話をよく聞く。運転が生き甲斐とは情けなくないか。他にないのか。一刻もはやく実行すれば、ホント気が楽になりますよ。

家では無抵抗主義

すいぶん昔、結婚したばかりのころ妻と小さな言い争いをして、その内容よりも口げんかの修復のほうが大変だとヨークわかって以来、家庭でもっともつまらないのは言い争いと悟った。知らぬ他人ならともかく一生顔をつきあわすのだから。

そのために決めた方法は「無抵抗主義」。

何か言われたら「はい、わかりました」。文句が出たら「はい、すみません」。「食べるときこぼさないで」「はい、すみません」。「トイレは座ってしてください」「はい、わかりました」。「夜おそく酔って帰るのもいい加減にしてください」「はい、もうしません」。

言われることは皆ごもっとも。その通りにしたほうがよいことばかりで、直しました。反対に妻に注文したくなることもあるが、ぐっとこらえて言わずに我慢。おかげで家庭の平和は保たれる。さわらぬ神にたたりなし。どうせ大したことじゃないのだ。

世の亭主に、何か言われるとすぐむっと反論するのがいる。「お前だってそうじゃないか」「誰が決めたんだ」「自分の考えを押しつけるな」

内容の当否の前に、注意されたことがおもしろくない。家でしか威張れない男は、会社でも出世しなかっただろう。女性にもモテなかっただろう。女性は利口だからそんな亭主にサービスはしない。黙って無視するだけだ。

また、褒(ほ)めることをつねに心がけないといけない。「こりゃあうまい」「玄関の花いいね」「シーツ替えてくれて気持ちいいよ」。褒められて悪い気はしない、ちゃんと気づいてくれたんだとうれしい。しかし嘘はいけない。食べていまいちのときは感想を言わないが、あるとき「おいしくないと黙ってるのね」と当てられてしまった。図星に返事ができず、なお苦境に。話題を変えると「話題変えたわね」と言われた。

見識で尊敬される名士に奥様について質問すると一様に「家では恐妻家です」と答え、奥様は「そんなことないわよ」と笑いながら目は自信にあふれている。この答えはまわりを苦笑させ、かえってその人の人格の大きさを感じさせる。人前で「こいつが」などと関白風を吹かす男は小者だ。仲の良い夫婦は見ていて気持ちがよい。あるカップルを見た妻が「ああいうご夫婦はいいわね」と洩らした。はい、努力します。

なりたかった人になる

リタイアして家でごろごろ。まわりからは「終わった人」と見られ、社会に居場所がないが、家だけで過ごすのもつらい。働こうと思ってもそう簡単ではないし、一業種しか知らなかった身にできることは限られる。高い給料などもちろん望めず、下働きしかないのは覚悟だが、邪魔あつかいされるのもなあ。

根本的には、これだけ働いたのだからもう好きにさせてほしい気持ちはあるのだが贅沢（ぜいたく）は言えない。老後とはこういうことだったか。忙しかったころが懐かしい。オレはどうなるんだろうな。

〈しかしここからが大切だ。それを、一度自分をゼロにして再出発するチャンスと考えたらよいのではないか。過去を捨てるのは痛快ではないか。

生活に不安があってはそう簡単ではないが、ここは一番「本当になりたかった自分」になってみるのはどうだろう。

それは「しゃれた紳士」であり、「男らしさを通す男」であり、女性に親切な素敵な人」であり、「まわりを明るくする人」であり、「気前のいい奴」であり、「居酒屋の常連」であり。

成功も失敗も、陽の当たらない苦労も、そこからの立ち直りも、酸いも甘いも知った長い人生経験の知恵の使いどころだ。相手の話をじっくり聞いて本質を見抜き、意見を期待されたら奥深い答えを用意し、いつしか尊敬されてゆく真の大人。肝心なのは思慮と知性とユーモアだ。〉

――60代も終わるころに書いた一節だが、自分はそうなれたか。

だがそれはまわりの決めること。

しゃれた紳士に見られたくて、だらしなくならぬよう心がけています。男らしく、ぐじゃぐじゃ言わず行動は明快に「よし、行こう」「お先」「オレがやっておく」と。

女性にはとても親切にしています（だってモテたいし）。まわりを明るくするようつまらないことは言わず聞き役。相づちは「ははは、大変だな、オーイもう一本」。

静かに愉快そうに飲んでいる老人男はカッコいいぞ。若い奴には気前よく、先輩にそうされてきたから今度は自分の番だ。そうして居酒屋の常連になりました。

60歳からの引き算

自分をつくってゆく若いときは、どん欲に知識も鍛練も挑戦も、経験が足し算になる。40代ともなれば、一直線だけで考えず、あの手をこれに使ってみよう、正攻法があるなら逆手もあるはずという、経験を掛け算する知恵がついてくる。それが仕事に（あるいは人生に）応用できるとおもしろくなり、やっぱり使ってこその経験だと実感してくる。

そうして迎えた60代。足し算を重ねた蓄積も、掛け算で得た知恵も、それを使って何かを成した達成感も得ると自信がわいてくる。ここが要注意だ。

若い人が悩んだり、方法が見つけられないでいたりすると、つい「そういうときはこうすればよいんだよ」と、経験から得た答えを言いたくなる。親切のつもりでもこれがいけない。誰にも相談できず悩んで体得したから今の自分ができたことを忘れてしまっている。他人に言われて成した解決は真の経験にならないことはよく知っているはずだが、ついお節介する。

業績を積み、それなりに地位も得て自信満々。「まだ若い者には負けんぞ」どころか「危なっかしくて見てられない」とばかり、頼まれもしないのに口を出し、現場に顔を出す。若手も、元上司であれば無視もできず、腹の中で（邪魔な年寄りは引っ込んでろ）ならまだしも、「今はそんなやり方では通用しません」とは言えない。日進月歩の現代に年寄りの出る幕はない。もし相談されれば「オレのときはこうしていたが」くらいでやめておく。

そうではなく「心の問題」に答えを用意してあげたい。心の問題こそが大切と知ったはずだ。おおらかに鍛えてもらえた自分の時代と今はちがう。組織は人を育てず、若い人は神経をすり減らし、精神力や度胸では解決がつかない時代だ。

しかしこれも出しゃばってアドバイスなどしてはいけない。それでは同じこと。大切なのは「この人になら相談したい」という人徳、修羅場を経験してきた器量を感じさせているかどうかだ。それがあれば向こうから頼ってくる。

60代は本当に大切なものだけを残す引き算。それこそが真の蓄積で、雑多な経験を重ねた結晶として得られたものが人徳だ。

部屋を借りる

リタイアした60男の夢は何だろう。

世界一周船旅、ゴルフ三昧、秘湯めぐり、畑仕事、蕎麦打ちを極める、居酒屋通い。

まことに結構ですが、もうひとつ「学生時代に戻る」のはどうだろう。学校に入って勉強するのではなく（それはもちろんよいですが）下宿するのだ。学生時代は金がなくてバイトした。それもする。下宿は狭く散らかし放題だったが、誰にも干渉されない生活はよかった。青春を満喫しながら自分の夢に向かって進んだ。自分が自分で生きている実感があった。

60歳。学生気分に戻って部屋を借りよう。よみがえる青春。あこがれのひとり暮らし。若いころとちがい清潔整頓はできる。バイトは、管理人でも、警備員でも、皿洗いでも何でもみつける。仕事を終えたら銭湯で汗を流し、作業着をさっぱりとポロシャツに着替えて居酒屋で一杯なんてカッコいいじゃないか。自炊も洗濯もするのは学生時代と同じ。困ったら自宅に帰るのも同じか。何のためにそうするか。会社にも世間にも家族にも誰にも遠慮せず、人生をもう一回はじめてみるためだ。学生のときはそうだった。

私の銀座の会社員時代の同僚は早期退職し、鎌倉に自宅がありながら「銀座にひとりで住む」夢を実現すべく小さなマンション一室を借りた。そうして二年間、銀座生活を満喫。資金も尽きて家に戻り、その後はおとなしくしていたそうだ。

銀座でなくてもいい。奥多摩なら四季の自然を楽しめる。どうせ下宿するなら、杜(もり)の都・仙台はどうだ。家賃は東京より安いだろう。家内が様子を見にきた、子どももおもしろがってのぞきにきた。みんなで名物牛タンを食べてうまかった。北陸金沢もいいな、美人が多いそうだ、見るだけだけど。不動産屋に聞いてみるか。

思い切って沖縄。私の番組をつくっていたプロデューサーは自らリタイアして沖縄に引っ越した。夢だったそうだ。外国はともかく、国内なら日本中どこでも住める。これを二年やる。世界一周の船旅、ゴルフ三昧。ちいせえちいせえ。

いかがかな、どこに居ても居酒屋通いはしますがね。なじみの美人女将(おかみ)も期待してますがね。

真価は定年後

定年後の再就職のためハローワークへ相談に行き「何ができますか？」と聞かれ「管理職」と答えたら、そんな仕事はないと言われたそうだ。

会社などである程度出世して退職した人ほど使い物にならないとよく聞く。自分に自信があるので、人に指図したがり、下働きは「そういうことは君がやれ」と逃げる。部下にああしろこうしろと指示していただけなので自分では何もできない、というかやろうとしない。地域ボランティアに入っても差配したがって嫌われる。何か集まりに出るとしゃべりたがり、自己紹介が長い。内容は自慢で何の役にも立たない。議事内容についていけないと「最後にひとつ」と手を上げ、「今日の意見を大切にしましょう」などと意味のないことを言う。自分の存在を見せたくて仕方がないのだ。

これは哀れです。ある程度の地位にいた自負を誰も認めてくれないので、自分からちらつかせるが、聞いた側は「ああそうですか（だから何ですか）」だ。少しでも興味を示すと語ること語ること。飽きて他の話をはじめると「人の話は最後まで聞け！」

と怒り出す。したがって人が寄りついてこなくなり、さらに孤独は深まる。典型的なだめリタイアだ。

歳をとったら遠慮しろ。隅のほうで世話役に徹しろ。いっぱしに偉くなったつもりの人ほどこれができない。そうではなく、自分の経歴は捨てて、見えない下積みを黙々と続け、いつしか尊敬される人になってゆく。こうありたい。

中途退社して二十年ほど過ぎてから、全員がもうリタイアしたＯＢ・ＯＧ会が銀座であって出かけた。六十人ほどの立食会場には、在職中はエラそうにしていただけの上司が今日もエラそうに居て、目が合ったのでフンと無視した。すると彼も察してか、近寄ってこなかった。

辞めてしまえば会社の上下は関係ない、を態度に表したのは小者の振る舞いだったが、ほんとにお世話になった人、迷惑をかけた人にはこの機会だと、生意気だった当時の自分の非礼を詫び、「まあまあ」と笑ってもらえてほっとした。その苦笑には「今ごろ気づいたか」もあるように見えてひやり。人の真価は離れてからわかる。しかし「この後、久々に銀座で飲むか」と誘ってくれたのはうれしかった。

定年のない仕事

定年退職して家に居るようになったが、元職場から仕事上の引き継ぎ確認や問い合わせがあるかもしれない。そのときは明確に指示しなければと、なんとなく電話に身構えていたが一カ月しても何の問い合わせもなく、そのまま半年も過ぎ、ああ本当にオレはいらなくなったんだなと思い知る。自分にかかってくる電話など一本もない。

某テレビ局に勤めている妻から、定年退職した人がときどき用もないのに会社に顔を出し、「あれうまくいってる?」などと聞くので迷惑がられていると聞いた。在職中は、やり手だったらしいが、それゆえまだ頼りにされていると思いたいのだろう。

現役時代は世の中には会社員しかいないと思っていたが、定年になって農業や商店や職人などの個人業に気づいた。個人業に定年はなく、自分の仕事を一生続けられる。またそれを継ごうとする子や弟子がいれば教え育て、やがて一歩引いた立場で見守る楽しみがある。ひるがえって会社員は一流会社であろうが何だろうが、結局使い捨て。元〇〇商事などと言っても何の意味もない、今や無職の人だ。

個人業は毎月の帳簿や税金や確定申告など細かな税務対策がとても大変だ。銀行とのつきあいもある。個人業から見れば、ただ会社に行くだけでそういうことに一切タッチせず給料をもらえる会社員はラクなものだろう。その通り、よってサラリーマンなんて辞めると自分では何もできない。

退職金をもらって毎日ヒマな日々と、毎日決められた仕事がある日々と、どちらがよいとは言えないが、何であれひと筋に続けた仕事が風格となっている人は魅力だ。私は会社員を二十年やって個人業に転じ、いろいろ苦労したのでどちらも知っているが、裸一貫、自営を貫いている人には尊敬の念をもつ。しかし会社でエラくなっただけの人にその気持ちは少しもおきない。

ある行きつけの居酒屋の息子は学校を出るとすぐ海外に渡り、親は、男は好きなことを存分にさせておくのが大事と放っておいた。何年か後、さまざまな経験をして戻り、黙々と家を継ぐ下働きをはじめ、数年後には嫁ももとってカウンターに立つようになった。そんな息子に代をゆずり、親も春風駘蕩(しゅんぷうたいとう)と一緒に立つ。長年の常連客はそれがうれしくて仕方がない。

70代で得たもの

60歳を迎えたときは「気がついたら還暦」だった。家族の祝いも何もなく「これからは無茶しないでよ」の小言だけだった。でもまだ若いし、そんなものだと何も考えなかった。大学の教え子たちがおもしろがって「太田先生の還暦を祝う会」名目で居酒屋で飲み会を開いてくれ、ちゃんちゃんこならぬ、真っ赤なダウンベストをもらい、「オレが還暦だから笑っちゃうよな」と上機嫌だった。

しかし70歳のときは、はしゃぐ気持ちはゼロ。他人に「もう70だよ」と苦笑する気にもなれず、目前に広がるのは「老後」の二文字。健康、資金、家族と現実ばかりが横たわり、酒も苦く、無口になる。突きつけられたのは「オレの最盛期は終わった、あとは落ち目、死を待つばかり」だ。

それから四年、74歳になった。

たいへん良い日々だ。横たわる現実は何も変わらないが、気持ちが変わった。まず「何ごとか成さねばならない」という人生の使命感のようなものがまったく消えた気楽さがいい。したがって好きなことだけしていればいい。しなければならないことが消えると時間はたっぷりある。資金は足りないが、贅沢しなければいいし、贅沢をしようとも思わなくなったし、負け惜しみかもしれないが身につかぬ贅沢をするカッコ悪さも知った。いやむしろ、たっぷりある時間を好きなことだけに使えるほどの贅沢があろうか。

還暦のとき自分で自分にご褒美と、宝の持ち腐れになっていたレコードを聴くためオーディオシステムを新調した。これがおおいに70代を変える。知り合った専門家が、私の予算二十万に「ちょっと足りない」と言いながらそろえてくれたのは、旧型だが実質三十万という真空管アンプ中心の実力派だった。それを仕事場の机にセットして以来、聴くこと聴くこと。一日を終えた夜にレコードをかけるのは習慣になった。若いとき乏しい小遣いで買ったレコードが今また生きる。いやもっと深く聴くようになった。一時間を越えるブルックナーの長大な交響曲もじっくり味わえる。

人生の使命感が消えた日々は、「音楽を聴く」という至高の時間をたっぷり与えてくれたのだ。

気持ちの整理

70歳も過ぎると知人が亡くなってゆくのが寂しい。私よりも若い人もいる。著名な方の訃報がいやに目立つようになった。いずれは自分も。

滅入っていても仕方ない。いずれを覚悟して身の回りの整理をはじめるのは良いことだ。自分に本当に大切なものは何かを点検することで、気持ちも整理されてゆく。これが大切だ。単純に部屋が広くなり風通しもよくなる。心の風通しもよくなるか。

処分しやすいのは本だ。執筆資料は仕事を終えるといらなくなる。何年間もたまった雑誌のバックナンバーも、もう資料価値はないだろう。いつかは読もうと買ったベストセラーも読まないだろう。グルメ本、これこそいらないな。

未練を捨ててこその断捨離と、大机いっぱいの山になった本を、ありがとうの気分で向きやサイズをそろえたり、貴重本と思えるのは目立つように置いたりして、古書店に車で取りにきてもらうが、それらは吟味されることなくどんどん段ボール箱に入り、およそ十箱ほどになって、後日送られてきた代金見積もりは一万円だった。

そういうものです。私はそれほどでもないが、泣く泣く蔵書整理を実行した愛書家の文はよく読み、気持ちはタイヘンわかります。

しかし捨てられない本はもちろんある。

自分という人間をつくる原点となった本、若いとき感動し、その背表紙を見るだけで勇気づけられると五十年も持ちつづけている本、もう一度読み返さなければと宿題にしている本。この「捨てられない本」のほうが多いのは誰しも言うことだ。漫画もある、写真集もある、映画研究本は映画を見つづける以上必要だ。これを処分したら自分というものがなくなってしまう、ここはまだ自分の気持ちは整理できていない、いやしたくないと言い訳をつけて。

これがいけないとよく言われ、コツはただひとつ、書名を見てはダメ。ああ、悲しみの離別よ。会えば別れのときもくる、サヨナラだけが人生だ。

と、嘆きを気取るとその人は言った。「必要になったら売った古書店に行ってまた買えばいい、売れていたら新しい家に嫁いだと思え」

なるほどと膝を打ったのでした。

捨てられないもの

断捨離でもっとも難物は自分のコレクションだろう。

本ならば他人にも価値があり、それゆえに引きとってもらえる。しかし古カメラ、ラジカセ、モデルガン、ミニカー、プラモデル、琺瑯（ホーロー）看板、ブリキ缶、川原の石、酒ラベル、店の箸袋、駅弁掛け紙、トイレットペーパー包装紙（コレクターがいます）となると、本人にしか価値はなく、たまりにたまったものを「いったいどうするの！」と妻の金切り声が聞こえるようだ。

女性にはこういう蒐集癖がない。昆虫採集や鉄道模型に熱中した少女はあまり聞かない。女性はドライで、実用価値のないものをとっておく神経は理解できず、好きな男も愛が消えたらあっさり捨てるにちがいない（と愚痴）。

しかし男は、好きだった女性は一生忘れない。今どうしているのか、幸せだろうか、片思いでふられたけどオレは真心をこめたと真実言える。男は純情なのだ。

断捨離を説く生活評論家も女性が多く「まず捨てるのは未練です」ときっぱり言い

切る。捨てられない気持ちを未練と言うのだが……。

どうして捨てられないか。それは「自分」だからだ。自分を捨てることなどできるものか。「自分」は精神だから捨てる必要はない、それを物に託すのは精神が弱いからだ。ごもっともです、あなたは強いです。しかしトイレットペーパー包装紙を見ていればご機嫌なんだからいいでしょう（またしても妻から「ヘンタイ！」の声）。

私は金属もの偏愛でいっぱいたまった。亀、鳥、青龍、観音、布袋様、牛の背で笛を吹く少年、ロンドンの泥棒市で買った猿、上海で買った仏像、宮古島で買った青銅の魚など。像ものはまだ飾りになるが、真鍮の水道蛇口（売っていた）、量(はか)りに使う重し分銅、真鍮・正五〇〇グラム／鉄・正一ポンドを買ったときはその目方どおり重かった。いずれも無垢の金属が条件で文鎮になるが、文鎮だらけだ。

これらは趣味だが、絶対に捨てられないのは、小学二年生のときの絵日記帳だ。家族と花火を見にいった夜のこと、ひとりで積み木で遊んだことなどがたどたどしく描いてある。これを宝と言わずして……。

70男は言う、断捨離するならオレをしろと。

人づきあいを仕切り直す

断捨離ついでに人づきあいも整理しよう。

私は勤めていた会社に何の不満もなかったが、二十年で辞めたのは組織の中にいるのが嫌になったからだ。私はそういう人間だと気づいた。その気持ちが二年後も変わらなかったら実行と決め、そうした。それまでの経験を生かして自立するのに43歳はぎりぎりだと思った。新しい仕事場の机に座って「さあ、なんでも好きなことをやるぞ」と背伸びした解放感は忘れない。

人づきあいは劇的に変わり、それまでは会社の肩書でつきあってくれていたんだとありありと知る。しかしこれからは裸だ。裸の一個人に対して何か頼んでくれる期待に応えなければと精根をこめた。勤める会社がつぶれようが関係ないが、自分をつぶすことはできない。自分のためにやっている気持ちがそうさせた。

しかしバブル崩壊でデザイン事務所は儲からず、苦労したがそれは覚悟のうえ。おかげで組織にいてはできないさまざまな体験を重ね、ストレスゼロ。仕切り直された人づきあいは、新しい自分を開いた。

「ケッコウですな、普通そんなことができるもんですか」

その通り。その通りだが、定年を迎えれば誰でも同じ事態になる。仕切り直しは向こうからやってくる。それまでの人づきあいもまったくなくなる。まだまだ元気、家の邪魔者にはなりたくないし、年金は足りないから働きたい。人生後半、さてオレはどう生きてゆけばいいのか。

これを第二の人生のはじまりとしよう。会社勤めでは組織ゆえの理不尽も悔しさもあったが我慢した。もうそれはまっぴらご免。ああ、さばさばした（と背のび）。誰にも気をつかわずひとりで生きよう。地味な下積み仕事でじゅうぶん。黙って地域ボランティアに尽くすのもいい。そして居酒屋でひとり静かに盃を傾けよう。押し通すのは「嫌なことはしない」「嫌な奴とはつきあわない」ことだ。

たとえ懐は寂しくても、心はたいへん豊かになった。他人とかかわりなく、ただの市井の人として生きる、この平明な境地は人生の悟りかもしれない。

スタートは60歳、そのときが来たのだ。精神貴族で結構、老後はカッコよくいこう。

しないでよかったこと

70歳を過ぎると自然に過去を回想する。なかにはやらないでよかったこともある。40歳くらいになっていささか自信をもってくると野心がわいてくる。資生堂のデザイナーだった私は、当時トヨタやソニーの宣伝制作部門が独立して子会社をつくり、自社だけではない他社（もちろん同業以外）の仕事も手掛ける機運があるという記事を見た。それ以前に巧みな宣伝で定評のあったサントリー宣伝制作室は「サンアド」（サントリーアド）として独立し、さまざまな仕事で優秀なデザイナーを輩出し、デザイン志望学生の憧れの会社となっていた。わが資生堂デザインももちろん評価は高い。であれば独立して化粧品以外もどんどんこなし、日本一のデザイン会社になったらどうか、提案してオレが所長をやるか。

――もちろんやめました。自分がほかの仕事をしてみたいだけでした。

居酒屋評論家としてちょいと名が売れてきて（増長してます）、それでは同業者で「日本酒応援振興会」を立ち上げようと考えた。話題づくりに毎年十月一日「日本酒の日」に外国特派員協会へ記者を招き、その年の「日本酒クイーン」「今年のベスト日本酒」「名人杜氏（とうじ）功労」を表彰して記事にしてもらう。集まった記者にはお土産にその酒を持ち帰ってもらう。新聞雑誌の記者は飲んべえと決まっているから絶対来る。会長はあの人に頼んでオレは事務局に徹しよう。第一回の日本酒クイーンはやはり仲間由紀恵さんかな。彼女がベスト日本酒瓶を手ににっこり笑う写真はスポーツ紙のトップを飾るだろう。第一オレも由紀恵さんに会える。

――もちろんやめました。由紀恵さんに会いたいだけでした。

居酒屋や酒の文を書きはじめて、このジャンルに書き手はいくらでもいる、書かせたらおもしろそうな人も大勢いると気づいた。ならば本好きの椎名誠さんのはじめた「本の雑誌」にならって「酒の雑誌」を創刊しよう。編集長はオレがやる。出版社はあそこだな。創刊号は椎名さんはじめ、あの人この方といくらでも案が浮かぶ。酒場ルポは編集長直々だ。

――もちろんやめました。売れるわけがない。

しないでよかったホラ話でしたとさ。

方丈のすすめ

白洲次郎は夫婦円満の秘訣を「できるだけ一緒にいないこと」と喝破した。晩年、町田の「武相荘」に引っ込んでも、妻正子が古美術研究であちこちに出かけて留守するのを良しとし、自分は長靴に鎌でイギリス流のカントリーライフを楽しみ、ときに官邸に呼ばれると愛用のスポーツカーを運転して出向いた。

勤めをリタイアした亭主が朝から晩まで家にいるため、妻がノイローゼになる話をよく聞く。亭主の側も行く当てもないのに外出するわけにはいかない。

解決法がある。亭主は近所に部屋を借りればよい。贅沢は言わず、学生向け一間のアパートなら安いだろう。そこを自分の城として毎日通い、夕飯ごろに帰ってくる。いや自炊すれば家には寝に帰るだけだ。寝袋で泊まり込んでもよい。つまりわが「方丈」だ。

子どものころから男は自分だけの秘密基地が大好きだ。それが今できる。好きな本も趣味の物も置き、パソコンで一日じゅう好きなことをしていればよい。狭い部屋を工夫するのも楽しく、風呂はいらないが、コーヒーやラーメンなど簡単な炊事はしたい。妻に気がねせず何でもできるうれしさよ。部屋代は自分もちだが、そのぶん外遊びしないから何とかなる。家から歩いて通えるところにしたから運動にもなる。オレだけの城だから他人は連れてこない。まさに方丈秘密基地だ。

もちろん、ごろごろ目障りだった亭主が朝からいないから、妻はほっとして自分の時間をもてる、友達とレストランにも観劇にも行ける。自由にさせてもらってるんだから夕飯くらいはおいしいものを用意してあげよう、お酒もつけましょう。

良いことだらけ。私もそうしています。毎朝仕事場に通い、昼夜は自炊。上京した一八歳からのひとり暮らしで家事は慣れたもの、というかそれが常態だ。一年のうち家で夕食をとるのは十日もあるだろうか。妻はまだ勤めていて帰宅は夕方遅く、そのほうがありがたいという。食事は同居の義母と妻のふたりで好きなようにしているようだ。要するにほとんど別居、家は母娘のふたり天下。狭いマンションはそのくらいでちょうどだ。

おかげで円満にやってます。

居場所をつくる

現役時代は、第一の場所は自宅でそこには家族がいる。第二は会社で社員同僚がいる。そして第三の居場所、自分ひとりだけになれるところが大切とよく言われる。勤めを終えた帰りの居酒屋でひとり、今していることを整理する、あれは続けなければ、あれは焦らず成りゆきでよい、などなど。リフレッシュできたら家に帰る。仕事場と自宅の中間での切り替えは大切だ。それがリタイアすると居場所は自宅だけになってしまった。奥さんも主人が出勤している間は自分の時間だったが、それもなくなった。

これは互いによくない。セカンドスペースをつくらねば。家に自室があるだけでは手ぬるく、物理的に離れるからこそセカンドだ。近所に一部屋借りてわが「方丈」とし、鴨長明にならって「方丈記」を書こう。ここでもうひとつの人生を過ごそう。

その余裕がなければ居酒屋だ。そこがわが方丈。方丈の広さはない小机かカウンターで、私物は置けないがまあ仕方がない。妻に夕飯はいらないと言ってきたから今ごろのびのびしているだろう。かくして新たな居場所をここにする。

やれやれ、長かった仕事生活からようやくリタイア、今は居酒屋でひとり酒か。昔は今日の反省をしていたな。あの会議はやっぱり発言すべきだったか、子どもの進学資金は大丈夫か……などなど。

しかし今は何も考えることがない。「次、何注文しようか」だけだ。うーむ、現役を離れたリタイアとはこんなによいものだったか。太田和彦の本でも買って居酒屋研究と称するか。それはよいことです（笑）。居酒屋道は奥が深いですぞ。そして、「ただいま」「お帰りなさい、ご機嫌ね」「まあナ」「……たまには私も連れてってよ」お、そうか、お前も行くか。これはエライことになった、なじみのあそこでいいか。「こんちは、これ家内」「お、へえ！　おい○○さんが奥さん連れてきたぞ」

奥からおかみさんが手を拭きながらやってくる。家内は立って「いつも主人がお世話になっております」「いえいえ、へえ、嬉しいわ、どうぞどうぞゆっくりしてってくださいね」。主人がこちらを見てニヤリとした。

妻との居酒屋

男女同権。妻が居酒屋に来たとて驚くことではないのだ。妻は興味津々、注目は料理とその値段だ。「なめろうって何？」「ん、鯵（あじ）なんかを叩いて味噌で味つけしたもの」「〆鯖は鯖を酢でしめたのよね」「うん」「煮込みって？」「豚のモツを煮たもの」。

こちらの注文した冷奴を、そんなもの家でも食べられるじゃないという顔で見ている。そういえば家でも食べられるものばかり注文していた。

お、決めたらしい。「私、煮魚、キンメ」「はい、キンメね」。いいもの注文してくれたと主人が嬉しそうだ。キンメは一六〇〇円と高いが、値段明記だから覚悟してだろう。あいつ案外度胸あるな。まあ飲めと一杯酌すると両手で受け、ゆっくりと。「……おいしい、あったまる」。案外いける口かな、知らなかった。

大皿のキンメに目を見張り「うちではできないのよ、どうやって？」「いや、まず……」。主人の説明をおかみさんがにこにこ見ている。やがて女は女同士、ふたりは仲良くなりあれこれ世間話だ。

へえ。妻と居酒屋もいいものかな。しかし派手な店でなく、安くて家庭的で、主人おかみの人柄のよい店がなじみでよかった。ここなら安心と思ってもらえるか。贅沢してると思われちゃいけないから今日は地味なものにしておこう、焼油揚だな。相変わらず主人がにやにや見てる。このあいだ仲よくなった美人客の話なんかするなよ、いろいろ黙ってろよという顔のこちらに「わかってます」と目が言っている。

妻の顔が少し赤くなってきて、今はなめろう。これもつくり方を聞いている。ウチでできるかな、難しいぞ。やがて「ごはんものもあるのね、そうね、お雑炊」。へえ、こんなの家で出たことがなかった。しかし雑炊こそプロの仕事で、これはいいもの頼んだな。

帰るときに勘定はオレがするのだろうと思っていたが、意外に半分さっと渡す。女は合理的なんだな。その後は案外にまた連れてってとは言わない。入ってみたかっただけなのか。

しばらくたって、家内は女友達とそこで女子会をしていると聞いた。オレと来るよりいいんだろう。

いつもいつもの心がけ

習慣をもつ

朝八時ごろ目覚めるとすぐに起きず、そのままベッドで今日は何をするんだっけと考える。ある作家が、朝の目覚めは、頭がもっともフレッシュな神聖な時間と言っていた。そこで浮かんだアイデアやプロットを忘れぬように頭に残す。朝風呂を浴びたら体操二十分。これはぎっくり腰防止。

朝食は三百六十五日、トマトジュース・りんご・プレーンヨーグルト＋甘酒。甘酒は親しくしている新潟の酒販店の方が「これ毎朝飲んどけばオレみたいに健康、母ちゃんも、わはははは」と送ってくださるありがたいもの。りんごは信州の父が毎朝食べていた。「朝のりんごは、王様のりんご」で、とても体によいという。父は最晩年は身障者になったが、頭はぼけず、87歳までしっかりしていた。

十五分ほど歩いて仕事場へ。会社勤め二十年のあと独立してデザイン事務所をもって三十余年、ずっとこの生活だ。デザインがおもな仕事のころは助手がいたが、今はひとり。九時半出社、夜九時半退社の十二時間勤務。仕事はだいたい原稿書き。最近は机に箱を置いて板をのせ、立ってパソコンというスタイルになった。猫背にならず、立っている緊張感が頭を冴えさせ、行き詰まるとあたりをうろうろして考える。靴が嫌いで、仕事場では竹皮の草履。資料も面倒がらず取りにゆける。疲れると座ってひと休み。

昔は時間を忘れて執筆したが、最近は十五分も続けると意識的にやめて気分を変える。それからあらためて書いたところを読み直して整え、その流れで続きに入る。このほうが無駄なく能率がよい（今そうしていた）。

その間、メールに返事したり、郵便物を開けたり、宅配便を受けとったり、テレビ録画をＤＶＤに移したり、電動肩たたきマッサージをしたり、思いついて植木鉢を整えたりといろいろ。新聞二紙（毎日・東京、自宅では朝日）を克明に読むのも大切だ。

そうして夜も八時くらいになると、もう使いものにならず仕事終了。好きなレコードをかけて頭休め。低音セクシーな歌声のジュリー・ロンドンなどいいですな。やがてゴミを出し、神棚に手を合わせ、室内を点検して電灯を消し、鍵をかけてご帰還。楽しみな晩酌が待っている。生活に習慣をもつと一日がラクだ。

朝の道のり

自宅から仕事場まで歩くのが日課だ。急がずゆっくり歩く。いろんな人と並行したり、すれちがったりする。

同じ時間帯に出勤なのか、いつも向こうから来る口髭の似合う中年男は何をしている人だろう。背の高い外国人はこのあたりに住んでいるらしい。

同じ帽子に同じ防護チョッキの高年男ふたりは、毎朝黙々とトングでゴミを拾っている。この通りはいつもきれいだなあと思っていた。小さな会社の玄関を毎朝しゃがんで拭き掃除しているのは上の地位の人のようだ。良い会社かもしれない。

女性保育士さんが大勢の幼児をふたりずつ手をつながせ、信号は律義に片手を上げてゆくのには思わず目を細める。お姉さん先生と手をつなぎたい子もいるようだ。もっと小さな子らは大きな乳母車にまとめて立たされて運ばれ、それがまたかわいい。

幼稚園に子どもを送ってきたママ友は園門前でにぎやかに立ち話。最近のお母さんは若い美人ぞろいだなあ。スーツで手をつないできた若いパパは、園内に駆け出してゆく後ろ姿を見てすぐ駅に直行だ。

いまは珍しくなった煙草屋さんの前を毎朝掃いているお婆さんに、いつからか「おはようございます」と声をかけるようになった。お婆さんは恥ずかしげに頭だけ下げてくれる。

大きな信号でときどき一緒に待つ見知らぬ若い会社員は、いつも身なりがセンス良く、特に靴がいい。今日は本場のチロリアンシューズで、つい声をかけた。

「とても良い靴ですが、どこのでしょうか?」

彼は一瞬けげんな顔をしたが、教えられたブランドは知らない。銀座の店で五、六万円だったとか。やっぱりな。そこでかるく頭を下げて彼は右に去った。

やはり信号待ちでよく会う、向こうから来る若い女性は脚に障害があり、広げた両手を左右に振って体全体を揺らせた歩行はいかにも大変そうだ。私は寝ぼけた気持ちに平手打ちされたようにうなだれる。こうして普通に歩けるのが、どれだけ恵まれて幸せなことかと思い知る。その方はいつも素敵におしゃれしているのが救いだ。

大通りから脇道に入ると間もなくだ。今日も気を引き締めてゆこう。

コーヒーの目覚め

朝、仕事場に来て最初にするのはコーヒーを淹れること。

ポットの湯でカップを温めておき、ドリッパーに紙フィルターを敷き、挽いたコーヒー粉を入れてポットからゆっくり湯を注ぐ。沈まるともう一度。次は箸の頭でフィルター縁の粉を真ん中に集めて注ぐ（まんべんなく粉が生きる気がする）。次はカップの向きを変え別角度から注ぐ（まんべんなく湯が回る気がする）。いっぱいになったらカップを手に仕事机に向かうが、かならず途中で最初のひとくちをすする。ああうまい。

午後も過ぎ、仕事が行き詰まるとまたコーヒー。無言でする作業が頭を鎮める。

粉は近所にできた専門店で買う。詳しくないので「酸味のあるの」と言うと適当に選んでくれる。ポイントカードもためている。若い主人は店を閉めた夜ひとり、十時ごろまで暗い明かりの中で豆を一粒ずつ選別していて、熱心さに感心する。コーヒーってそんなに打ち込めるものなのか。

本格コーヒーをはじめて飲んだのは、今から五十年以上も前、信州松本の田舎の高校一年生のときだ。友達と不良を気取って喫茶店に入り「コーヒー」と注文した。「通は砂糖は入れないんだぞ」と聞いていたので、まずそのままで。半分飲んでから添えられたミルクを入れ、最後に砂糖ポットからひとさじ入れ、コーヒーは三回楽しむんだと知った。

そのころ流行していた歌が西田佐知子の「コーヒー・ルンバ」。

♫ 昔アラブの偉いお坊さんが
　恋を忘れたあわれな男に……

苦いコーヒーを飲んで恋を知る歌。私は恋は知らなかったが。

デザインを学ぶため上京して下北沢に下宿し、さあいよいよひとり生活がはじまる、生活道具をそろえねばと、裏に「ＳＡＫＵＲＡ ＣＨＩＮＡ」とある厚手の真っ白なコーヒーカップを買った。飲むのはそのころ出まわりはじめた、ネスカフェとかマックスウエルなどのインスタントコーヒーだ。あまり学校に行く気になれないまま寝坊した朝、コーヒーを沸かし、唯一の財産のＦＭラジオでクラシック音楽を聴いた。コーヒーの味は苦かった。苦味を知って大人になってゆく。

息抜きは自炊

　仕事場に終日ひとりでいる気分転換は自炊だ。

　十時半には小さな台所で昼の支度開始。このあたりは食堂がなく、いつからか昼食は十一時、夕食は五時と決まってしまい、外食には早すぎる。

　昼はパスタが多い。刻みニンニク・アンチョビ・鷹の爪が三種の神器で、ベーコンとトマト、あさりとバジル、玉葱とツナなどを組み合わせてソースをつくり、茹でたパスタにのせたらできあがり。パスタは11番・中細のスパゲティーニ、12番・細いフェデリーニを使い分け。添える野菜サラダはもっぱらベビーリーフ一袋を、青じそドレッシング・黒胡椒・しらす・オリーブオイル・搾りレモンで和えて山盛りに。コンソメスープは顆粒にお湯を差すだけ。三つをお盆で運んでじつに簡単。食べ終えたら、ちゃちゃっと洗っておしまい。

　焼そばもよくやる。フライパンで豚肉こま切れと刻みニラを炒め、いったん別皿にとり、焼そば麺を袋のまま少しチンしたのをそのフライパンで焼く。焼そばだから

「焼く」のが大切。頃合いをみて先ほどの具を入れ、イカの醬油「いしる」をひと回し。皿にとり、紅生姜、青海苔粉をいっぱいかける。うまいですぞ。

うどん、そうめん、ラーメンも出番が多く、うどんは五島うどんを地獄炊き。つまり鍋で茹でたのをそのまま箸ですくって、五島のあごだしで食べる。

そうめんは徳島・半田の中細がたいへんおいしく、夏は前夜から煮干しを水に浸けておいた出汁を、醬油・鷹の爪・ごま油で濃いめに味つけして温め、茹でて水洗いしたそうめんにぶっかける。冷たいそうめんと熱い汁で生温かくなったこれは病みつきになるおいしさ。ごま油を「食べるラー油」にするとなおよく、愛用の石垣島のラー油は使い切ってしまった。

ラーメンは大阪・カドヤ食堂の棒ラーメンがベスト。指定の茹で時間三分十五秒を三分で上げるための砂時計も買いました。のせる具は青葱、買った焼豚など何でも。以上、五島、徳島、大阪からつねに箱で取り寄せております。

夜は簡単に。無印良品の「バターチキン」カレーが定番。ぬか漬もやっているので添える。残念ながら糖尿病対策でご飯は少なめです。

顔に表れる

男が歳とると、顔はしわだらけ、荒れた皮膚にシミもいっぱい浮き、髪は後退して禿げ、声もしゃがれる。ああもう終わりだなあ。

まあそう言うなかれ、男の顔は履歴書。映画や舞台の老練な脇役、個性的な悪役は、人生経験を経てこそ得られる魅力だ。最近の世の中は甘いのか若造タレントの顔など見たくもないが、いい歳になっていつまでもつるりとした坊ちゃん顔もこのごろ増えているようで、甘ったれで生きてきたんだろう。オレはちがう。苦労を重ねたわが顔に誇りをもて。

男の俳優は昔から序列があり、立役の一枚目は端正な正義の人（例えば加藤剛）、二枚目は女に惚れられる色男（長谷川一夫）、三枚目は温かみのある人情派（小林桂樹）、いい男だけど喜劇味もある二枚目半というのもいる（高島忠夫）。

そして仇役。ここがオレでもできる狙い目（何の？）。悪に強きは善にも強し。人間味のあるベテラン悪役なんていいですナ。映画でも悪役専門の人が、最後になってじつはいい人だったんだとわかるうれしさはたまらない。

最近、年の功で、顔を見ていればその人物がわかるようになってきた。初対面で挨拶を交わし、話すことをじっと聞きながら相手を見る。立板に水の人、言葉を選ぶ人、ちっとも本題に入らない人、何を言いたいのかわからない人。内容もさりながら見ているのは顔だ。もちろん失礼になってはいけないが、二十分もするとその人物はほぼわかり、あまりはずれない。もちろんこちらも見られている。

これは知らぬ人にもあてはまる。国会で虚偽答弁を繰り返した財務官僚の上目づかいにおどおどした表情は、こいつは嘘をつかされていると顔でわかった。賭け麻雀で辞任した検事長も基本的職業倫理感のない甘えた顔で、それを味方にすべく定年延長を目論んで失敗したが処罰は大甘にすませ退職金を保証した前首相の、自己保身しか考えない幼児顔は言うまでもなく、唯々諾々と従うだけの女性法相の無能な顔も。

私の住む大きなマンションの、大ゴミ出し場を毎日片づける高齢のおじさん、おばさんふたりは、その誠実丁寧な仕事で住民の尊敬を一身に受け、会うとみな挨拶する。そのお顔のすばらしさ。人物は顔に表れる。政治家や官僚の悪相が証明している。

肌の手入れ

歳をとると爺むさくなるのは仕方がない。それでも肌には気をつかいたい。朝起きるとすぐ風呂に入る。夜も入るから一日二度だ。朝風呂は、寝ぼけまなこをしゃきっとさせ、ひと晩寝て固まった腰を温めるのでぎっくり腰をおこしにくくさせる（ような気がする）。かつて本当になんでもなく腰を曲げた瞬間に「あいてて」ときて、こんなことでなるのかと思った。みなさん経験がおありでしょう。

湯から上がって濡れた頭が乾くと養毛剤を振り、もみ込むようにマッサージする。値段は一万円と高いが、半年くらいはもつ。狙いはもちろんハゲ防止。相応に額は後退したが、行きつけの理髪店で「年齢からみて、まだしっかりした髪です」と言われうれしかった。

そしてスクワットを二十回すると腰は安定。さらに腕を片方ずつ、次に両腕同時にそれぞれ前後十回まわし、尻をぐーっと落としてしゃがむ股割りを数分。そのときスキンローションで顔を叩いてさっぱりする。立ち上がって腕をだらりと振りまわす腰回転を十分間。私は「西野流呼吸法」の道場に通ってこれを憶え、最後に「円天＝足芯呼吸」を五回加えると完璧だ。それから朝食。

夜は床に入る前に男性用スキンクリームを顔に塗る。七〇〇〇円と高いが、けちけち使えば半年もつ。その後は足の裏にこちらは値段の安い尿素クリームを塗り、一日をささえてくれた感謝をこめてマッサージ。おかげで私の足の裏はとてもきれいだが見せる人がいない。そしてオヤスミ。

どれもながく勤めた資生堂の製品で、美容研究所や商品開発部で知った品質の高さも、スキンケアを続ける良さも知っている。効果はあるようで、歳のわりに若いと言われるとうれしい。もうひとつの効果は、十数年前、一カ月ほど入院して家に戻り、酒も断った就寝前、顔にクリームを塗ると気持ちが落ち着いた。それが習慣になった。

資生堂に入社したばかりのとき母に化粧水をプレゼントすると、こんな高価なものをと、とても喜び、夜寝る前に鏡に向かって大切そうにぺたぺたやっていた。やはり一日の心の落ち着きを得ていたのかもしれない。スキンケアはマインドケアにもなっていた。

中高年はおしゃれ不要

中高年のおしゃれは「質の良いものを、ひとつ派手に」などと言うのは間違いで、地味な無個性に徹するのがよい。人生経験を経た顔はしわだらけだろうが禿げていようが個性ができているので、そちらを主役に服は目立たせないでおく。

ビジネススーツの現役を退くと、それまでできなかったからなのか、さあ好きなものを着るぞなのか、ズボンも上着もやたらに茶色やベージュを着たがるが「枯木」や「落ち葉」に見えるだけ。自分自身がすでに枯木なのを強調することはない。年配に柄物が似合わないのは、しわだらけの顔がごちゃごちゃと物語性がありすぎるので、そこに柄が加わると暑苦しくなるからだ。無地に徹する。首にやたら何か巻くのと帽子もだめ。これみよがしのブランドものはかえって貧乏くさい。似合ってませんよ。

若々しく見せるもっとも基本はズボン。ズボンほどシルエットの変わるものはなく、最近は細身で丈は短く、昔のように靴に被せない。色は黒のみ。ベージュのチノパンはいらない。靴は会社通勤のような紐付きの硬い黒革靴ではない柔らかな黒。細い黒ズボンに目立たぬ靴。これでオヤジくささはずいぶん消える。全体のシルエットを細身にするのが肝要だ。ジーパンほどよいものはないが、個性が強いから合わせるものは極力地味に。

要するに黒無地だけ着ていればよいが、色ですすめるなら「あざやかな緑」だ。裸の老木も季節が来れば新緑をまとって生命のよみがえりを見せる。それを着るもので表す。黒ズボンに緑一色のフリースなんかはいい。高齢のエリザベス女王がコロナ対策を国民に呼びかけたときの全身緑あざやかな服は、希望や再生を感じさせるにじゅうぶんだった。

これらはすべてユニクロか無印良品で買う。時代に沿ってシルエットはスリム、形や色もベーシックで無難。体形に合えば同じのを何枚も買う。私は同じズボンを四本買った。「良いものを大切にながく」ではなく「安価な良品を、すぐ新品に替える」。安いからできる。中高年の服は個性を出さないのがおしゃれと心得よ。

以前雑誌に「中高年男のためのユニクロ着こなし」という企画を提案したが採用されなかった。「必要ならばモデルもやります」が余計だったか。

自分のスタイルをもつ

中味が真新しくぴかぴかな若い人は何でも着こなしてしまい、破れジーンズでも様になる。しかし中高年がこれをするとホームレスだ。なかには本物のおしゃれは我々とばかりに着飾る中高年もいて、その特徴は派手な柄物をやたら着重ねて、仕上げに首に何か巻くこと。がんばるほど暑苦しくなる。

そうではなく歳をとったら自分のスタイルを決めて、同じ格好で通すのがいい。五木寛之先生はいつも黒ズボン、黒ハイネックにグレーのツイードジャケットが作家らしく、これを若い人が真似ても板にはつかない。亡くなった評論家の加藤周一や指揮者カラヤンは黒ハイネックばかりでそれは知性を強調していた。

70歳を過ぎたら「すっきりと知性的に見える」が最大のおしゃれのコツだ。「見える」だけでよい。豊かな銀髪に黒のハイネックセーターこそ大人の到達点、これこそ若いのにはできない技だ。ベテラン俳優がインタビューなどでたいてい黒一色を着るのは計算しているのだろう。若い俳優はファッションセンスも売り物かもしれないが、大人には不要だ。

個人的趣味だが、そこに味のあるレインコートが加わるといい。「味のある」とは長年着つづけてくたびれてきた味わいだ。若者がこれをしてもコートに負けてしまう。コートの新品は野暮なもので、買いたてを何度も乱暴に洗濯機にかけて傷める人もいるが、年月にはかなわない。私は昔、資生堂のブティック「ザ・ギンザ」のセールで買ったコートを毎冬着つづけ、たいへん良い風合いになったが、ついに襟は摺り切れ、補修もできなくなった。でも三十年の友、捨てないでとってある。

年齢を経てレインコート好きは高まるばかり、神戸などの輸入古着屋で買ったものに味があり十数着になった。スタンダードなデザインばかりだが微妙に異なり、オリーブグリーンの工場作業着らしきものなど味わい深い。古着だからその下はすっきりと清潔にするのが肝心。

男のコートの最高峰はもちろんトレンチコートだけれど、元来軍服だっただけに、きちんとスーツにネクタイでないと似合わず、出番はほとんどない。冬は黒ズボン、黒ハイネックセーターで、毎日コートを換えて楽しんでおります。

仲間をもつ

退職して人に会わなくなると、定期的に会う仲間が大切になる。私は俳句会だ。「東京俳句倶楽部」は写真家、イラストレーター、TVプロデューサー、女優、女流作家、コピーライター、舞台演出家、古美術鑑定士、落語師匠、新聞社文芸担当など多士済々が、毎月一回料理屋で開く句会。歴史は古く、創立メンバーのひとり、故・渡辺文雄さん（東大出身）は熱心に参加、ウケると大喜び、ウケないと「みんな俳句を見る目がないよ」と悔しがるのが楽しかった。私は会社員時代から参加して三十年余になる。

一時間半で四句つくって無記名投句。書記が清書して貼り出した中から自作以外を、天一句（五点）、地一句（四点）、人一句（三点）、客五句（各一点）と八句選ぶ。順に自選句を読み上げると作者が名乗り、天句には清書短冊に景品を添えてプレゼント。一巡すると最高得点優勝者が決まる。天の短冊をもらうとうれしく玄関に飾ったりする。

三十年続けてよくわかった。私に俳句の才能はないと。選が五人も進んで一句も読まれないと零点の不安がうかぶ。その日もあった。十人以上もいるのに誰ひとりにも選んでもらえない恥ずかしさ。「まいったなもう」と笑い飛ばすが顔は青ざめている。んがしかし、楽しみに来てるんだから、参加することに意義ありだから、全員がうまかったらつまらないじゃんと言い聞かす（泣）。みなさん一流人ばかりでセンスは抜群。飲んでしゃべってばかりでいつ作ったんだというのが「天」をいっぱい取るから、無言で作句に集中していたこちらはたまらないす。

でも拾う神あり。先日「文藝春秋」の随筆欄に七句頼まれ「夏」として掲載された。

初夏の御輿は朝を迎えたり
あの娘夜の顔あり夏祭
私ねとかきまわしたる心太
山梔子を手折りて渡す夜帰り
金魚屋のステテコ白し宵銀座
浅草にアロハの男いきいきと
夏の夕運河の油流れゆく

挨拶は平凡に

歳をとると挨拶好きがいて、集まりなどで指名を受ければ嬉々と登壇。まず自己紹介を丁寧に、世相分析、エピソード、格言引用など、「思うに」からはじまって延々と続く。「ながくなりましたが」でようやく終わると思うと「最後にひとつ」とまたはじまる。主題（祝辞とか）を外れて何のためにしゃべっているかわからず、みなが飽きているのにも気づかない。

なかには妙にもの慣れて、受け狙いのユーモアや気の利いたつもりのしゃれを入れ、さも名スピーチであるかのようにひとりで酔っているのもいる。丸谷才一や伊丹十三はセンスよいスピーチに定評があったそうだが、名のある人だからみなが聞くけれど、知らぬオッサンの名士気取りの独演など聞きたくもない。出たがり代議士などは自分が主役のように勘違いしている。挨拶は「言うべき人が、言うべき場所で、言うべきときに、言うべきことを言う」ものだ。

「本日はおめでとうございます。このたびのご受賞は長年のご努力のたまものです。

これを契機にさらなる発展をされますよう」終わり。

「本日はおめでとうございます。新郎新婦は温かい家庭をつくられることでしょう。両家のご両親様にもお祝い申し上げます」終わり。

短ければ短いほどよく、その人の「本来わきまえた人格」が発した平凡な言葉を、平凡こそ本当だなあと思わすのが挨拶だ。機智の利いた挨拶はすべて二流と心得よ。

私は冠婚葬祭が苦手で逃げているが、ずいぶん昔、ある結婚披露宴にどうしても出なくてはならず、上座に座らされたので、酒も口をつけるだけにして、終始姿勢よくにこにこしていなければならないのがつらかった。挨拶も頼まれていて先のようなことを言ってお茶をにごした。しかし宴半ばになるとそっと席を立って、礼服の両親に挨拶に行き、心からの気持ちをこめた。

毎年暮れ、出版などで世話になった人を居酒屋に招いて二十人ほどの忘年会をしているが、ある年、そろそろ解散というところで、酔ったひとりがどうしても締めの挨拶をシロと迫り、拍手までおきてしまったので、仕方なく立った。

「本日はお疲れさまでした、来年もよろしく」終わり。

街に出よう

定年退職した夫が朝から晩まで家に居るため、奥さんがノイローゼになったという話をよく聞く。コロナ騒動で自宅待機となった夫に嫌気がさし「コロナ離婚」という新聞見出しもあった。

なぜそうなるか。「お茶いれて」「飯まだあ」「オレのパジャマどこ」「電話鳴ってるよ」。自分では何もせず言うだけ。これがいらいらさせる。三食昼寝風呂テレビ付き。「自分でしてよ」と言いたくなるが、やっても何もできないからかえってイライラする。気晴らしに出かけようとすると「どこ行くの」と行き先を聞き、あまつさえ「オレも」とついてくる濡れ落ち葉。「何時に帰る？」も聞かれたくないし、夕飯は自分でお弁当買って食べてください。「お茶どこにあるの？」「知るもんですか！」はからずも一緒にいる時間ばかりになって何もできない男とわかり、一生面倒みるくらいなら今のうちに離婚しよう。夫の親の介護なんかするもんですか。私の人生は私がつくる。離縁金はたっぷりいただきます。

よーくわかります、大賛成です。残された哀れな男は身から出た錆、ひとりで生きてゆくんですな。

こうされないためにはどうするか。外に自分の部屋をもつ「方丈生活」をすすめたが、それもままならぬのなら、ともかく外出して家にいないことに尽きる。スタバでパソコンを見ている人は、家とは別の場所を求めて来ているのだ。

しかしもっと長く一日じゅう出ていよう。電車に乗って例えば東京・深大寺、昼は門前蕎麦にするか。鎌倉もいいな、鶴岡八幡宮はまだ行ってないし、由比ヶ浜で久しぶりに海を見るか。ちょっと遠出だが成田山に詣でてみよう。ここの門前町は風情があるらしく、昼は名物の鰻とおごるか。そうだ神保町がある。古本探索、いや神保町シアターで往年の日本映画もいいな、今は女優特集だ。帰りはせっかくだから「みますや」で一杯やっていこう。家内に「今夜、飯いらないよ」と電話だ。

交通費と飯代だけ、あまり金もかからないし、健康にもよいにちがいない。毎日これを続けていたら、ある日「たまには家にいたら」と言われたとさ。

ひとりだけの家

とはいえ家にじっとしていたい人もいる。毎日の通勤がなくなってせっかく家に居られるようになったのに、それを嫌がられるとは。

こうすればよい。どんどん奥さんのほうに外に出かけていただこう。

友達とのお茶、ショッピング、美術館めぐり、コンサート。おおいに羽根を伸ばしてもらおうではないか。留守は心配するな、昼飯は朝の残りでどうにでもなる。宅配便も受けとっておく。はじめは「ガスは気をつけてね、お風呂のお湯は、出るときは戸締まりね、冷蔵庫に昨日のかまぼこあるわよ」といろいろ言っていたが、そんなのはわかってる。「ああ、行ってこい、遅くなってもいいよ」

――これはいいものですぞ。自分ひとりだけの家とはこんなにも広いものだったか。やかましいのがいないから何をするのも自由。リビングを独占して座り込み、新聞紙をひろげてコレクションの手入れ。汚さないでねと口うるさいのもいない。コーヒーでも淹れるか。昼飯もつくるか、即席ラーメンでいいや。焼豚あったな。食べた丼は洗っとかないとな。

日が暮れたら楽しみは晩酌。女房は友達と食事とか言ってたから帰りは遅い。さっきスーパーでうまそうな生ハムとまぐろ刺身を買ってきた。醤油の在り処は知っている。刺身も皿に盛り替えると雰囲気が出る。後はお湯沸かして焼酎お湯割りだ。いそいそしている自分がカワイイ。先に風呂入ってパジャマに着替えちゃおう。万端整って、さあテレビ見るぞ、「新・居酒屋百選」だ。

ひとりで気がねなくのびのびと家に居るのって、こんなに良いものだったか。ここはオレの家なんだとはじめて自覚した。ふたりでいると何もする気がおきないが、ひとりだといろいろやるのがおもしろい。話もしなくてすむ。女房は毎日こうしていたのか、いいはずだ。こんどはオレの番。留守番役に徹しよう。

「ただいまー、すみません遅くなって」

いやいや、アレ、あいつ少し顔赤いな。かつてのオレがそうだった。攻守交代だ。

一泊旅行？　行ってこい行ってこい。

ん？　それもできない。どうしようもない人ですな。

本を買う

読まないくせに本をどんどん買ってしまい、仕事場は本だらけだ。書評で知ったおもしろそうな小説、読んでおかねばと思う名著、もちろん仕事の関連本。しかし買うと安心して読まない。これがいけない。もう本を買うのはやめよう。

と思いながら買ってしまう本もある。数年前、広島で時間が空いて入った古書店で買ったのは『現代佛蘭西文藝叢書9　夜とざす』ポオル・モオラン著、堀口大學譯（大正十四年発行／新潮社／定価壱圓四拾銭）。ハードカバー布装レッテル別貼りの、右書き横組みタイトルの活字は古風で、雄鶏の版画風カットがいい。「〜の夜」と標題された四篇のひとつ「ポルトヒノ・クルムの夜」の書き出し。

〈私が乗った母衣（ほろ）馬車型の急行昇降機は、一息（ひといき）に私を、十六階へ持ち上げて呉れた。そこから出ると毛氈の長い小径がある。見本箱のような形（かたち）の、黒いトランクに、太いペンキの緑いろの横筋と……〉

〈すると、其處は浴室なのであるが、目下書庫の代用をしてゐるのであった。浴槽（ゆぶね）の

中は、原稿と手紙で一ぱいになってゐた。はばかりの上には、タイプライタアが一臺のせてあった……〉

巻末には活字をおとして、モオランの前著『夜ひらく』について佐藤春夫の書いた文が載る。〈近頃おもしろく讀んだもの、随一は、「夜ひらく」（堀口大學訳）です。（中略）第一に文體が頗る新しいのです。面倒くさい常識的なつながりがまるでないのです。（中略）つまり作者は、頭で辻褄を合せる代りに、心情がその事を直接やってゐるのです……言はゞ、まあ新傾向の俳句がずらりと一面に連鎖してゐるのです……〉

後に調べると、ポール・モラン（一八八八〜一九七六）はフランスの作家・外交官。パリ政治学院卒業後、外交官として各国を回り、マルセル・プルーストとも親交をもった。一九二〇年代のモダニズム小説として知られる『夜ひらく』（一九二二）で一躍有名に。優雅な紳士で国際情勢にも詳しく社交界の寵児となった。他の作に『恋の欧羅巴』『三人女』『情熱の波』『印度ルート』『シャネルの魅惑』など。

社交界の寵児か。堀口訳による描写はルネ・クレールなど戦前の白黒フランス映画を見るようで、当地では映画化されているかもしれない。

古書のおもしろさ

大正時代末は海外文学の最初の紹介期だったのか、前記『夜とざす』の巻末の案内がおもしろい。「現代佛蘭西文藝叢書」シリーズは、1『狭き門』アンドレエ・ジッド、4『白き石の上にて』アナトオルフランスなど。「佛蘭西文藝の譯書」には『レ・ミゼラブル』『ジャンクリストフ』『ナナ』『居酒屋』『ボヷリイ夫人』『赤と黒』『椿姫』『エルレーヌ詩集』などが並ぶ。日本人のフランスやパリへの憧れはこのあたりから生まれたか。「海外文學新選」の『ギリシアの裸女』シュニツェレル（シュニッツラー?・）、『彼女は眠れり』ドウイモフ、『金羊毛』ゴーチエ、『聖女の反面』ドウキユレル、『卵の勝利』アンダスンとはどんな小説なのだろう。『田園交響樂』ジッドもここにある。

興味をひいたのは続く広告だ。

『美貌の友（ベラミイ）』（モオパッサン著、廣津和郎氏譯）の紹介文は、〈何人も魅せずんば止まざる美貌と若干の才氣との所有者なるひとりの男が、處女を弄び人妻を犯し放縦の限りを盡くせる性的生活の間に、着々社會上に歩を占めて遂に富と権勢に傲るの勝利者となれる徑路を描いた長篇小説で、至るところ艶麗を極めた性的情景の描寫に充ち、性慾を人生のすべてと觀ずる作者の代表的傑作である〉となっている。

モーパッサンは〈性慾を人生のすべてと觀ずる〉人だったのか。

『燃え上る青春』（ド・レニエ著、永井荷風氏序、堀口大學氏譯）の紹介はこうだ。〈永井荷風氏その序中に於て曰く、余をして現時海外著名の文學者の中、もっとも余の心酔するものを擧げしめんが、余は先ずレニエに屈し……云々と。本篇は即ち此の現代仏蘭西最大の小説家にして詩人たるレニエの全作十數巻のうちの最傑作で、華麗な巴里社交界を背景として燃ゆるが如き戀愛を描けるもの。巻を開けば至る所、濃艶の情景に接することを得よう。譯者は語に明かに文を熟せる高踏耽美の詩人である〉

永井荷風が心酔したんだ。

最新刊と銘打たれた『四つの戀物語』（フイリップ作、前田春聲譯）は〈若うして最新佛文壇の明星フイリップの作中、もっとも若き人々に喜ばる可きもの。甘美なる抒情味の間に熱切なる肉のおもひを迸らした名篇である〉そうだ。

神保町お宝さがし

古書店めぐりならもちろん神田神保町。連なる書店、昔ながらの喫茶店、中華、カレー、洋食など安心できる食堂、ちょいと昼ビールと、中高年男の天国だ。「男」と書いたが、古書店は男ばかり。女性は古本など興味がないようだ。

ひいきは映画・演劇・演芸書専門の「矢口書店」だ。昔から映画本はよく集め、古書店の棚を眺めて「これは持ってる」とにんまりするが、もちろん未知の本の連続に目は釘付け。古書店の妙味は「世にこんな本があったのか」の発見だ。

あるとき見つけたのが、荒川区三河島の映画関係専門古書店「稲垣書店」の主人が、新旧映画書八〇〇冊を取り上げた「古本屋シネブック漫歩」（平成十一年／版元は映画書専門のワイズ出版）で、「川島雄三をめぐる本」のように編集整理されているあたりはさすが専門家。すべて書影がつき、映画本好きが堪能できる一冊だ。矢口書店は同業者への尊敬をこめたようにパラフィン紙で丁寧にカバーを掛け、扉には著者「中山信如」のサイン入り。序文は同じく古書店をしていた出久根達郎。古書好きが集まった本だった。値段は忘れたが定価三八〇〇円よりはずいぶん安かったと思う。

　その矢口書店でいただいた二〇一九年・神田古本まつり「特選古書即売展」出品目録抄にはまった。二〇〇ページにもわたる上質紙フルカラーの美麗写真は本ばかりではなく、例えば大塩平八郎画・頼山陽賛幅「梅図」三万八〇〇〇円、稲垣足穂色紙〈雛芥子の花のあいだにプラチナの豆ヒコーキを飛ばせてみたし〉一万五〇〇〇円、オードリー・ヘップバーン自筆サイン入り写真・証明書付き五万五〇〇〇円。夢のある童話洋書のさし絵などをルーペで拡大して見てゆくのは、居ながらにしてできる古書店のお宝めぐりだ。

　もっとも心奪われたのは、明治から昭和初期に外国人土産につくられた「縮緬本」の、和紙に多色刷り木版画和綴「Japanese Fairy Tale Series（日本昔噺集）」で、桃太郎、舌切り雀、花咲爺、猿蟹合戦などが英・仏・独など各国語で編まれている。その表紙絵のすばらしさ！　値段は二万五〇〇〇～一五万円。「１９０３年のカレンダー　日本の女性の月々」の値段は一二万円。紹介は表紙だけで、ぜひ中を見てみたい。ウーム……。

TV・放送関連
新藤兼人
映画監督(日本)ハ〜

哲也
わが青春の日活撮影所(アンコール)

口書店
矢口書店
映画・シナリオ
演劇・戯曲
矢口書店
路上喫煙禁止
路上駐輪禁止

酒とのつきあい

私の酒場遍歴

酒場通いは社会人になった日からはじまり、以降酒を飲まない日はなくなった。酒場では仕事の話などに夢中で酒は何でもよく、ウイスキー水割りあたりを飲んでいた。意識的に居酒屋通いをはじめたのは40歳を過ぎ、友人たちと「居酒屋研究会」をつくってからだ。当時はバブル期で「有名レストランで二万円の食事をした」などと自慢する風潮に反発し、「本物の味は庶民の居酒屋にあり」とグルメブームへの皮肉ではじめたことだったが、それは当たっていた。

また当時澎湃(ほうはい)とおきた「地方の蔵にはものすごく旨い日本酒がある」という幻の地酒ブームと重なって、「越乃寒梅」などの地酒を次々に体験していった。その象徴が、居酒屋研究会の「ブラインド利き酒会」で一位となった埼玉の「神亀(しんかめ)」だ。それはまさに神亀が全量純米酒宣言をする前年だった。

研究会を続けるうち、しだいに良い居酒屋は古い店であることに気づいてきた。主人も二代目なら客もまた同じ。居酒屋が同じ場所で何十年も続くのは良心的な商売をしている証拠で、それこそが名店だ。東京では「みますや」「大はし」「鍵屋」「シンスケ」「江戸一」「伊勢藤」など。そこは酒肴の良さのみならず、居酒屋としての独特の居心地、ルールがあり、本物の大人のための風格ある場所だった。そうして一九九三年に書いた『精選 東京の居酒屋』（草思社）は、それまで「哀愁のオヤジたまり場」とからかわれこそすれ、マスコミに取り上げられることのまったくなかった居酒屋をはじめて体系的に書いた本だった。

今、居酒屋は雑誌でもっとも売れる特集となり隔世の感がある。同時に若い人が、居酒屋を一生のやりがいのある仕事として正面から取り組んで名店をつくっているのがとてもうれしい。居酒屋はついに市民権を得た。

私から酒を抜いた人生は想像できない。酒は自分の悩みを引き受け、多くの人と交わらせ、学ぶことは山のようにあった。何よりも居酒屋で過ごした長い時間は私の人生をおもしろく、豊かなものにした。今の若い人はあまり酒を飲まないと聞くが、それは「絶対に」損だ。酒の効用は互いに心を開いて裸になれることだ。酒は自分を鍛え、他人を認め、人物を大きくする。そして人間らしい人生をつくる。

酒による酔心地のちがい

酒は種類により酔心地がちがう。

ビールはアルコール度五度と薄いので、大ジョッキでゴクゴクと飲めて、スカッと愉快痛快な気分をつくり、話題もスポーツなど健康的。不動のつまみは鶏唐揚げと餃子。男も女もビールで気取ってもはじまらず、大勢で飲むのにぴったりだ。

ウイスキーは逆。四〇～四五度と強いのをちびりちびりやり、飲むと理屈っぽくなるのが特徴で、何か議論をしたくなる。ために作家のインタビューや対談の盛り上げにはこれがいい。男と男にウイスキーは似合うが、男と女では話が難しくならないように気をつけないといけない。女同士でウイスキーを傾けていたら近寄らないほうが安全だ。

ワインは一三～一四度くらいでさらりと飲め、ビールの笑いやウイスキーの議論ではなく、女性を口説きたくなる囁き酒だ。したがって男同士でワインを飲んでるのはどこかヘンな気がする。麦、米などの穀類ではなく、果物のぶどうからつくるワインは酒としては頼りなく、やはり食事の合間をつなぐ脇役の印象だ。ワインバーはときどき女性をお連れして入り、こういうしゃれたのもいいなあと思うけど、大げさに言えば、自分という人間の今の心を預ける酒とまではゆかない気がする。

日本酒は一五度ほど。飲むとおいしいものを食べたくなる美食が合うのは、日本人の主食たる米でできているためで、和食はもちろんどんな料理でも引き受ける。また、酒を美味くする「珍味」というジャンルがあるのも特徴で、他の酒にはこういう専門的脇役はない。ちなみに〈うに・このわた・からすみ〉を三大珍味という。飲んでゆくと「オレもお前も、同じ人間じゃないか」と気分は情に傾き、腹を割った気持ちにさせる。男と女が気持ちを裸にして本音で飲むには最適だ。

蒸留酒の焼酎は三五度くらいで、理屈も人情も卒業した「達観の酒」。もう何も考えていない無の境地になれる。肴も凝ったものよりは沢庵の尻尾とか煮干しとか、つまらないものが似合う。人生経験を経て食欲も、女性を口説く覇気もなくなってきた中高年から焼酎派が増えてゆくのもむべなるかな。しみじみとお湯割り焼酎を味わっている人に話しかけてはいけない。

日本酒の良さ

日本酒を好きなのは、もちろん味と酔心地からだが、わかりやすさもある。

昔、ワインを知ろうと、懇意の酒屋に、赤白は適当に、一本一五〇〇円までをおまかせで十二本ほど注文したことがあった。おいしいのも酸っぱいだけのもあった。次に一本三〇〇〇円までにするとこちらは格段においしく、このくらいが購入の価格帯と知った。その中で気に入ったのを四本ほど追加注文すると、もうありませんと言われた。コンテナなどで入ってきたのを売り尽くすとなくなる。現地（フランスとか）から輸入すればできなくはないが一本ではちょっと、値段も相当になると。

そこで翻然と悟った。ワインというものはそこにあるのを買うだけで、おいしかったからもう一本はできない、つまりおぼえても仕方のないものだと。

日本酒はちがう。氏素性は明快で同じ物はいつでも手に入る。一本からでもいい。気に入れば「オレはこれ」と座右の酒にできる。知らない銘柄でも秋田か新潟か、となんとなくイメージがわき、その方向で味わえる。輸入ワインの「シャトーナントカ・カベルネソービニョン・カントカ」は何のイメージもわかず、所詮は「海外旅行ですれちがった美人」でしかない。恋人や生涯の伴侶にはなれないのだ。

ワインはぶどうの出来や熟成の僥倖的要素が貴重な名品を生むそうだ。日本酒は蔵や杜氏の技が積み重なり一定の個性をつくりながら、今年の仕込みは、という年度要素もあり、同じ銘柄を飲みつづける楽しみができる。ワインにそういうことはあるのだろうか。何よりも日本酒は高級大吟醸でも一升瓶三〇〇〇円前後で買え、五〇〇〇円を超えるとむしろ不自然だ。そして量はワイン一本の三倍ある。何万円もするワインとはどういう意味か。

レストランでワインリストを見せられ、ソムリエ氏から「イタリア南部ナントカ地方のぶどうを……」と説明されても何の興味もわかず、ご返事はつねに「安くてうまいの」だけ。だっておぼえてもしょうがないじゃん。

居酒屋はちがいます。酒リストをじっくり眺め、瓶を借りて裏解説も読み（日本語ですからね）、一合からの注文ゆえ飲み比べも自由。その結果好きな銘柄がどんどん増えてゆく。久しぶりにこれ飲んでみようかもできる。昔の恋人に会えるのだ。

晩酌作法、第一部

かつては毎夜のはしご酒も平気だったが、74歳となった今はその体力はなくなった。したがって晩酌だ。

晩酌は作法をもっと楽しい。まず道具。専用盆を用意し、これを聖なる結界として中に余計なものは置かず、譜代（盆内）と外様（盆外）を峻別する。丸盆は案外ものが置けないので角盆がいい。私は露天市で買った30×20センチのものを使っている。盆は最重要、給食みたいなプラスチック製はダメですぞ。

晩酌は第一部と第二部があり、第一部はビール。盆には「グラス・つまみ・箸」の三点。つまみは生ハム、サラミ、ピーナツなど買い置きのものでよいが、かならず少量を小皿に盛ること。もっとも大切なビールグラスは松徳硝子のうすはり（薄玻璃）に限る。電球ガラスの技術でつくっていると聞けばその薄さがわかるだろう。用意ができたら勝負の「注ぎ」だ。缶ビールから注ぎはじめたら、缶をぐうっと高さ30センチまでもち上げ、細く長くゆっくり注ぐ。馴れないと心の動揺が流れの振れに表れるので精神統一が重要だ。泡が九割くらいでグラスが一杯になると、ピタリと注ぎを止めてしばらく待つ。やがて水面が上昇し、泡とビールが四対六ほどになったら、こんどは缶をグラスの縁に当て、内壁をすべらすように静かに流し入れると、泡がぐーっと上がってグラスから盛り出し、もうこれ以上はあふれると見きわめたら止める。こうしてできた泡はきめ細かく硬く、マッチ棒が立つ。

何をしているのか。ビールは閉じ込めた炭酸ガスが泡となってその味、香りを顕在させる。後半はそれを逃げないように泡で蓋の役をさせる作業だ。ビールは注いでうまくする。よって缶ビールから直接飲むのはもっともまずい飲み方だ。

ビヤホールのプロはこれをもっと大胆にやる。つまり泡の上昇をゆっくり待てないので強いガス圧コックであふれる泡をナイフでどんどん切り捨てて注ぎ足す。東京では銀座ライオンの海老沢さんと、伝説の名ビール居酒屋「灘コロンビア」で修業した新橋「ビアライゼ'98」の松尾さんが二大名人だ。

さあ飲むぞ。ためらわず泡に鼻を突っ込み、泡の下からぐいぐいぐいと飲み干し、そして「アー」と言う。グラスに残った泡でその人のビール皆伝がわかる。

晩酌作法、第二部

第二部は日本酒、燗酒だ。

盆をいったんきれいにし、新たに「徳利・盃・肴一品・箸」をセット。

次にお燗仕事。一升瓶をがっぽがっぽ揺すって酒を目覚めさせ、空気をふくませて軽くしたのを、錫(すず)ちろりに注いでお湯に浸け、温度計をさす。ちろりの首まで湯に深く浸けるのが肝要で、浅鍋は不可。風呂の湯に首まで浸かるのと腰まででは温まり方がちがうのと同じだ。風呂と同じで、ぬるま湯にながく浸かるほうがよいのも同じ。温度が四五〜五〇度になって取り上げたら盆前に座り、徳利に移すが、錫ちろりは保温力が高いから全部は移さずに盆外に置く（ちろりは外様あつかい）。

何をしているか。日本酒は動かすことで味が立つので、瓶→ちろり→徳利→盃(さかずき)と移し替えをひんぱんにするのだ。

万端整い、いよいよ盃に酌して口へ。まず香りをかぎ、おもむろにツイー……うまいのう。とこうなる（勝手にしろ）。

肴は好みだが、例えば今日は、まぐろ赤身を柚子胡椒を溶いた醬油に浸しまわし、刻み海苔をかけた〈鉄火まぐろ〉を主役に盆入りさせ、他のポテサラとか漬物は盆外に。こうして「膳をつくる」ことが晩酌の作法。おのずと姿勢よく、一杯を味わおうという気持ちになる。箸もわしづかみしたりせず、きちんと右手で取り上げ、左手であつかって下から取り直し、置くときも箸先は盆縁にのせる。なんと美しい光景だろう、これぞ結界の美と、酒もいちだんとうまくなる（ひとりでやってろ）。

徳利が二本目ごろになると青物がほしくなる。荒刻みの小松菜を昆布茶・一味唐辛子・レモン汁で、ぽきぽき折りながらもんで、しらすと和えた〈小松菜もみ〉は、前もってつくり置きできる。茗荷（みょうが）を刻み込んでもうまい。

それも終わると乾きもの。このころはもう椅子にあぐら。醬油せんべいか柿の種あたりをぽりぽり。安いプロセスチーズを海苔で巻いた〈市松チーズ〉を指つまみで。

ああ、飲んだ、うまかった。台所に下げ、ちろり、徳利は洗って水を差し、一晩おいて酒気が抜けるようにしておく。皿は流しに置いて水だけかけ、洗いは朝でいいや。さあて歯を磨くか（もうねろ）。

ひとりで居酒屋へ

組織をリタイアしてひとりになった中高年が自分を再生させるには、居酒屋へ行くのがいちばんと書いてきた。そのポイントをダイジェストしよう。

まずひとりで入ること。最初からハードルが高いと思うかもしれないがこれがもっとも重要。入るのは古い小さめの個人店。家族経営ならなお結構。自分と同じような男がひとりで来ていれば安心だ。チェーン店は意味がない。最終目的「気に入りができたら通って、主人や女将と話せるようになりたい」が心にあっても、雇われ店長は移動してしまえばそれまでだ。店探しは昼間、飲み屋のありそうなところを歩いて見当をつけておく。行き当たりばったりでは決められない。

そこに開店すぐに入る。どこの店も最初の客は「口開け」といって大切にされる。店の空気もきれいだ。ひとりだからカウンターに席を取り、店内を見わたしたら即注文。「とりあえずビール」でいい。居酒屋は「お通し」が出るから、それを相手にビールを飲みながらゆっくりと品書きを検分する。この後は酒、いろいろ銘柄があるけど知らないから適当に。肴は、まあ最初は刺身だな、盛り合わせでいいや。よし決定、注文。「酒○○、それと刺身盛り合わせ」「はい、こちらさん○○、あと刺盛り一丁！」。やがて届いてビールは下がり、まず一杯。

ツイー……ああやれやれ。

どうってことはない。しかしこれができないのは現役時代は数人で飲みにいっていたからだ。ひとりになると注文もできない。しかし自分で注文しないかぎり何も進まない。この「すべてひとりでやる」ことを経験するために来た。

刺身はうまかった。酒もう一本、こんどは銘柄を替えてみよう。肴はそうだな、里芋煮がいいか。……てな調子で一時間。大事なのは調子に乗って店の人や隣客に話しかけたりせず、おとなしくしていること。初日はとばさず早めにきれいに勘定して帰ろう。値段はこんなもんか、まあまあの店だったな。もう一度来る候補にしとくか。

こうして「ひとりで入り、ひとりで注文し、ひとりで飲み、ひとりで勘定して帰る」のがリタイア中高年自立の第一歩。いい歳をした男一匹、ひとりで居酒屋くらい入れなくてどうする。

自分を肯定する場所

ひとりで居酒屋に入り、黙って一時間飲んでいられるか。誰かと一緒のときは会話が中心、話をしに居酒屋に来た。しかし今は「話をしたくなくてここに来た」のだ。家にいて一時間黙っているのは不穏だが、ここならいい。しゃべらないから観察力がはたらく。

机のメニューより黒板がおすすめなんだ、気がつかなかった。主人と女将は夫婦だな、手伝うのは息子じゃなくてバイトだろう。主人は無口に包丁、酒とお愛想は奥さんか。あの客は恋人同士かな、しゃれた店じゃなくこういうところに入るなんていいじゃないか。あっちの男三人のよくしゃべるのは上司だな。上司は聞き役に回るもんだぞ。カウンター端でひとり飲みの中高年はオレみたいだな、あ、こっち見た。

——てな調子。その間、酒を注いだり、煮魚をつついたり、こぼれた酒をおしぼりで拭いたり、結構やることがある。でもだからいいんだろう。手もちぶさたにはならない。お、新聞読んでる人がいる、駅で夕刊買ったんだな。その手があるか。

盃を手に見ている人の世の姿。これが居酒屋のおもしろさだったのか。しかし三十分も押し黙っていると薄気味悪いかもしれない。挨拶がわりに主人に声をかけよう。それには目の前の話がいちばん。「この白身おいしいですね」「あ、さよりです、今だけですが、今日のはいいすよ」。これで無用な緊張がとけた。それ以上は向こうが話しかけたら答えればいい。

ぼんやり考えていることもある。リタイアしたはいいが女房も朝から晩まで顔つきあわすのはストレスだろう、今のオレみたいにひとりの時間をもてるようにしてやらないと。そろそろ親の介護も考えたほうがいいか。ウチにいったいどのくらい金があるんだっけ。昔好きだったあの娘どうしているかなあ、幸せに結婚してるだろうな。

自分のことも考える。いろいろあってこの年齢になった。苦労したがオレを支えてくれた妻には感謝あるのみだ。面と向かっているとこんな気持ちにはならないのに、ひとりになればそう思うから不思議だ。そうしていつしか「不満を言えばきりがない、もう文句はない、これでよかったんだ」と自分を肯定する気持ちが翻然とわいてくる。「自分を肯定する」これが酒の最大の効用だ。

裏を返す

ひとり盃を重ねているうちにまったくの無心になる。考えていることはただひとつ「次、何頼もうかな」だけ。これがひとり居酒屋最高の境地だ。そうして同じ店に三度も入れば、静かにきれいに飲んで帰ってくれると顔をおぼえられ、「いらっしゃい」の声もちがってくる。「今日は鮎、初物です」と声もかかる。「よし、塩焼」どうです、いいでしょう。

相性の良い店に出会えたら通うようにしよう。気に入ったら間を開けずにまた来るのを「裏を返す」と言う。するとまだおぼえていて「お、先日は」という顔をしてくれる。こちらもなんだかいい気持ちだ。この前頼もうと思った煮魚にするかな。

店にとって常連ほどありがたいものはない。ウチを気に入ってくれたのだ。しかし客側は常連顔をしてはいけない。カウンターのいちばん良い席に座って主人を独占して話したがるのは「常連顔をしたい」客でリタイアしたての男に多い。本当の常連は、入口近くとかトイレの脇とかの目立たぬ末席に座って黙って飲み、上席は初めての客のために空けておいてやる。混んできたら席を立つ。そしてまた翌日来る。

やがて慣れてきたら、いろんな店に遠出する楽しみが生まれてくる。作法はもうわかった、店を替えて同じことをすればいい。同じことをするから店のちがいも見えてくる。ここはいつも酒そろえが勉強になるな。ここは酒より料理、同じ刺身でも質がちがう、ここは客筋がよくてくつろげる、ここはずばり美人女将ねらい……。

毎回注文する定番をもつのもおもしろい。私は修業時代（？）は金がなく、安くてはずれのない〈タコぶつ〉ばかり。おかげでタコにはうるさくなり、今や日本一は明石、関東では佐島などと言うようになりましたが。

そういう店を銀座、浅草、神田、恵比寿、新橋にもつ。つまり本妻とは別に五人の……（表現自粛）。これは楽しいですぞ。店の個性特徴、そして町柄に合わせ、今日は浅草行くか。「こんちは」「あら太田さん、久しぶり」おぼえてもらえていることのうれしさよ。こうして居酒屋巡りは酒料理のグルメではなく、あの主人・女将に会う、あのカウンターに座るためになってゆく。

ひとりでこれをする。なんだか毎日が楽しくなってきた。

地方の居酒屋旅

地元に行きつけができ、居酒屋に自信がついたら、次はいよいよ地方遠征「居酒屋に行く旅」だ。中高年がひとりでするにはポイントがある。

まず安全なホテルの確保が第一で、信用あるビジネスホテルを予約する。歳をとったら安宿は避けよ。日程は最低二泊三日。着いて飲んで翌日帰るのはあわただしく交通費がもったいない。その地で目覚め、町を歩いて風土を知り、昼はうまい蕎麦でも食べ、三時ごろいったんホテルに戻って少し眠り、おもむろにご出勤。したたか飲んだら歩いて帰ってバタンキュー。これだ。そうすると二晩あるから何軒も入れる。

次は店選び。これが難しい。めざすのは土地の酒料理はもちろん、地元で古くから続いて人情や気質を感じられる店だが、いきなり繁華街を歩いても見当がつかないし、ネットのグルメ記事はまったくあてにならない。ホテルで聞いても知らない。

身も蓋(ふた)もないが、私の本『太田和彦の居酒屋味酒覧』（新潮社）に載る全国二〇四軒がもっとも安全確実だ。何十年もかけて日本中を回り、身銭も山ほど使っての結論には自信がある。

良い居酒屋に当たる打率は二割五分、つまり四軒入れば一軒は当たる、それは「もう一度来てもよい」というランク。さらにその二割五分に「常連になりたい」ランクがあり、この本はそれを載せている。さらにその二割五分に「近所に引っ越す」というランクがあるがまた別の話。せっかく遠くまで来たのだから一軒目は絶対にはずしたくない。そのあと浮気心でもう一軒入ってはずれてもそれは笑い話になる。格別に気に入ったら翌日同じ店にまた顔を出すと「オ、まだ居たんですか！」と大歓迎され、昨日とちがうものをすすめてくれ、そうなれば常連気分だ。

四方を海に囲まれた日本は、北と南、太平洋と日本海、瀬戸内や島々、海べりと山国、関東と関西、都と辺境、城下町と港町、都会と田舎町、これほどさまざまな文化と顔をもつ国は珍しく、当然産物も気質も変わり、さらに四季が加わる。その土地をもっとも反映するのが居酒屋だ。私は何十年も続けてきたが、まだまだ発見の連続だ。

リタイアしたご夫婦で居酒屋旅を続けている話もよく聞く。さあ、まだ元気なうちにこの旅に出ない手はないでしょう。健闘を祈ります。

各地の特色

日本の居酒屋の地方色をダイジェストしておこう。

北海道は炉端焼が特色で、炭火の大きな網で魚も野菜もなんでも焼いて食べるのは開拓期の記憶だ。魚は刺身より干物中心。ソウルフード〈じゃがバター〉はかならず。酒はヤカンで常時温まり茶碗に注いですぐ出る。日本のビールの歴史は北海道にあり、日本でいちばんうまい。

東北は日本酒王国で地酒名品はいくらでもあり、塩分の強い漬物が酒をすすませる。青森・岩手・宮城は三陸沖の魚貝にすぐれ、福島は乾物料理に技をもち、会津坂下の馬刺しは日本一。秋田は小鍋立、山形は庄内の岩ガキやハタハタが魅力。八戸、仙台、盛岡には魅力的な飲み屋小路が多く、酒を飲む旅に東北は最適だ。

北陸は日本海の魚。焼魚の最高峰ノドグロや春のホタルイカ、冬のブリに淡麗な酒が合い、富山は昆布〆王国。加賀百万石の金沢は治部煮など別格の料理文化をもつ。

東京の特色は、ながい歴史の老舗が下町にたくさんあること。また反対に、最先端トレンドの居酒屋があること。全国の地酒をならべた銘酒居酒屋が多いこと。それはうんちくとブランド好きゆえで、東京の客は酒にうるさい。小粋な肴を喜び、せっかちですぐ出てこないと機嫌がわるく、かけつけ三杯を「粋」に飲むいなせ好き。

気候温暖な東海は、目の前に黒潮が流れ、野菜も果物もお茶も鰻も本場。静岡の酒は殿様型に派手で、年中のん気な宴会の絶えないお土地柄。静岡おでんも欠かせない。

関西は酒よりも料理中心で、割烹修業が当たり前ゆえ水準はきわめて高く、食い倒れに恥じない。酒は灘一辺倒だったのが、名酒販店「山中酒の店」の指導のもとに酒も料理も格段に水準高い店が続々と誕生、大阪居酒屋にルネサンスがおきた。

山陰は重めの酒が多く、肴は冬のカニやカレイ一夜干し。山陽の瀬戸内は小魚にすぐれ、新鮮なイワシの素裂き（手開き）、明石の鯛とタコは日本一。高知はカツオ叩きなどの酒飲み天国、愛媛はじゃこ天。

九州は福岡・佐賀あたりは日本酒が〈ごま鯖〉に合うが、以南は焼酎になって〈テンプラ＝さつまあげ〉など揚物が多くなる。沖縄は泡盛に、魚よりもテビチ、ラフテーなどの医食同源沖縄料理がぴったりだ。

三人酒がいい

ひとり酒派だが、気楽な友人と飲むのはもちろん楽しい。そのときは三人がいい。

ひとりの相手は酒と肴、誰かと一緒だと主役は話になる。対面ふたりは、つねに話し相手をしなければならないのでやや疲れてくるが、三人だとちょっと話から降りて適当に休めるのがいい。そのときは酒料理追加など場の維持役をする。また話が膠着状態になったら「それはさ」と第三者の意見を出してみる。つまり会話がうまく回る。四人以上になると二派に分かれたり会話が輻湊(ふくそう)して宴会になってしまう。大人数の宴会は賑やかだが案外好きではなく、はやくここを出て気の合うのとどこかでゆっくりやりたい腹になる。酒を飲むには三人がベストだ。

昔、70代、60代(私)、40代の男三人でよく地方遠征に出た。ホテルは同じにして、「〇月×日五時ロビー集合」とだけ決めてそれぞれ適当に行く。集合するとひとり二万円ほどをいちばん若い彼に渡して共通財布をつくり、飲み代、タクシー代などすべてそこから出し、余れば分け、足りなければ追加としていた。会計役は気を利かせて、途中でドリンク剤を買って配ったりする。要するに丼勘定でこれがいちばんラク。

居酒屋四人机に男四人はいささか窮屈だが、三人はちょうど。タクシーも一台ですむ。飛騨高山から金沢に遠征した二日目の夜十一時。ひとり三〇〇〇円の追加があって解散。翌日誰がどう帰ったかは知らず、男の旅なんてこんなものだ。

居酒屋で集まるときに、二十分ほどはやく行って先にひとりではじめているのもよくやる。ビールと一品くらい。このあと誰か来るのがわかっているひとり酒はよいものので、やってきたら「お先」とグラスを上げる。会社員時代も二階座敷の飲み会が定刻に集まると、下の勘定を済ませて上がっていった。

最近居酒屋から、履物を脱いで座る畳の入れ込み「小上がり」が消えているのが淋しい。カウンターは横並びなので皆との会話が生まれず、机席は腰掛け気分。親しきとゆっくり飲むにはあぐらをかいて座るに限る。店を見わたせるから、酒料理の追加は手を挙げればよい。ついでに書けば「個室」は居酒屋ではない。知らぬ大勢の中で飲むからこその居酒屋だ。

小上がりを復活せよ！

女性と飲む

ひとり酒、三人酒がいい、などと書いたが、いちばんよいのはもちろん女性の方とのお酒。タマーにお誘いがあるとうれしいが大変だ。

まずどこで飲むか。その方が三鷹だったら、帰りが浅草からでは遠い。帰路を楽にしてあげないと。次は店選び。よい居酒屋を期待されるのはわかっているので、いかにもの高級店は避け、小奇麗でありながら気取りすぎず、といってざっくばらんすぎず、親密な雰囲気が生まれやすい小さな店。こんなところにこんな気の利いたという穴場感、トイレも含めて清潔感が最重要だ。酒は一騎当千がそろっていて通自慢させ、肴は女性好みに量は少なく盛りつけセンスよく「わあ」と言わせたい。いつもの貧乏くさい煮込みや丸干し、武骨な冷奴じゃダメ。華やかな〈あんかけ桜海老〉とか小さな〈茶わん蒸し〉なんかは喜ばれる。

肝心は店に顔が利いていること。女性と来るなんて滅多にないから、主人おかみに太田さんをカッコよく見せなきゃと思わせること（だぞ）。愛想よく「今日は珍しく美人さん連れで」と迎え、帰るとき「ぜひまたおふたりで来てください」と言わせる。

男と飲むときは相手のことなど何も考えず、さっさと自分のものだけ注文して無言で手酌するが、そうはいかない。会話が大切。

「お酒はどんなのが好き？　じゃまずこれからいこう。ここのお刺身は昆布締め入り、季節ものでシラウオもいいな、出汁巻はおすすめ」ととても親切にアドバイスする。

やがて酒が届いて、ひとくち。「……おいしいわ」「でしょう、この清らかな色気は君にぴったりと思ったんだ、こういうのを美人酒と言うんだよ」「あら♡」

話題は相手のことにもってゆく。「あなたくらいの年代（何歳でもよい）がいちばん女性の魅力があふれるよね」「あら〜、そうかしら♡♡」この調子。

酔ってきたインテリ美人が大好きだ（コラ）。冷静な理論派がつい口をすべらせたり、油断して人間味を露見したり、ついでに目尻が色っぽくもなってくれば、酒とはなんとよいものだと（てへへ）。本当に酒が強いのは女性というのはたしかで、そういう人はかならず美人。すこし酔って「太田さんの本はおもしろいけれど、女性の書き方が……」出た出た。謹聴してお酌するのでした。

盃礼賛

燗酒好きでながく飲んでいるうち、盃が味を左右することに気づいてきた。土が素材の陶器筒形の「ぐい飲み」は、土が酒の味を曇らせ、横腹をつまんでもつのは不安定。飲み干すときに顎を上げてのけぞる格好になり女性には見苦しく、男も乱暴な「あおり酒」になる。ぐい飲みは戦後に貧乏文士あたりが「こういうのが味があるんだ」などと勿体ぶってはやったのだろう。

石が素材の磁器「平盃」は味がクリアで、指でささえもつ姿が美しく、外側に開いた縁の反りを唇が柔らかく受け、少し傾けるだけでスイと飲めて粋だ。この「受け口」が酒に色気を加え、酒は唇でも味わうものとわかる。つまりそれは女性とのキスと同じで、固く閉じているよりもやや半開きのほうが……（表現自粛）。西洋のワイングラスやタンブラーの縁は切り立ったままで、グラスで味をふくらませる発想が見られないのは不思議だ。きっと鈍感なのだろう。

世界の酒で類を見ない「温めて飲む」飲み方が盃を生んだ。すなわち温かいうちに飲み干せる少量容器で、飲んだらまた注ぐ。注ぐ「徳利」は冷めないように口が細く、さらに木の袴（はかま）で保温する。温めた酒は香りが開き、平盃はさらに全面的に香りを立たす。以前ある居酒屋で燗を頼んだところ「この酒は燗できません」と言う。理由を問うと「香りがとびます」。バカ、香りを立たせるために燗するんじゃないか。

最近、上等な吟醸酒などをワイングラスで出す店が増えたが感心しない。それは常温だが、常温は香りが立ちにくいうえにすぼまったチューリップ型なので、ワインのように揺すったりしている。常温は口の開いた茶碗酒がいちばんだ。それよりも別の酒のグラスで代用する安易がいただけない。意味のない気取りだ。

酒造りの蔵で試飲に使われるのは決まって磁器平盃だ。ということは、酒を香りも味もうまく飲ますのはこれに限ると結論は出ていたのだ。指先ほどに小さいのは、利き酒にとどまらせ、あまりがぶがぶ飲まれては困るから。また古い料理屋の盃はこれしかなく、やはり酒の味を最大に発揮させて盃を重ねさせると知っていたからだ。有名割烹もぐい飲みを置いたら二流です。

酒はスイと「きれいに飲む」のが肝要で、それには盃だ。

お酌は文化

盃は世界にない「注ぐ」文化を生んだ。徳利から注いでひとくち、ふたくち。空になるとまた注ぐ。この繰り返しがゆっくり酔ってゆくリズムを生む。酒は何か手仕事があるほうが間がもつ。グラスのウイスキーをぐびりと飲み、しばらく眺めてまたぐびりでは手もちぶさただ。

さらにすばらしいのは「さしつさされつ」お酌する文化を生んだことだ。好きな女性からお酌された酒ほどうまい酒があろうか。女性も好きな男にお酌するのはうれしいことかもしれない。尊敬する上司から「まあ、一杯どうだ」と酌されるのは、自分を認めてくれたようでうれしい。両手で徳利をもってのご返杯は、その気持ちの表れだ。夫婦喧嘩で押し黙ってしまったとき無言で一杯酌すれば、それは和解へのサインだ。そこにあるのは、言葉に出さないコミュニケーションだろう。口では言いにくいことがお酌で表現でき、それを相手も受けとる。

西洋の飲酒の根底には、どこか互いの人格を尊重した対決感があるようで、こういう日本的な馴れ合いは見られない。酒を飲んだら、互いに甘えた馴れ合いもおおいに結構じゃないか。昔は「酌婦(しゃくふ)」という注ぐだけが仕事の女性がいた。男性社会のあだ花であり酌の強要はいけないが、そうしてもらうと楽しい気分になるのもたしかではあった。西洋には断じてこんな仕事はない。西洋の酒注ぎはボーイや召使いの仕事だが、ワインでもウイスキーでも瓶から直接注ぐのは味気ない気がする。

また酌は会話の潤滑油になる。男ふたり、難しい話になったとき、相手に注ぎ、自分に手酌した一杯を口にふくんで間をもたせ、おもむろに「それはだな」と切り出せば、相方は今から重要な言葉が出ると耳をすますだろう。互いにグラスを前に黙りあっているのは気が重いだけだ。映画にはこういう場面がたくさん出てくる。男同士で屋台に入り一杯汲んだ後は、かならず重要な台詞が出る。

「お前、本当はどう思ってるんだ」「……辞めるつもりです」

「そうか」とまた手酌。相手もまた。

「後悔しないか」

相手は無言で手酌の酒を干し、そこに覚悟が見えた。

壺中の天

　さてその盃。私は作家の作品とか何々焼のようないわゆる名品にはまったく興味がなく、使い古しがよい。各地古道具屋の店頭で、文字通りほこりを被っている一個二〇〇円、高くても一〇〇〇円もしないのを、気に入りがあれば三個、四個と買う。

　なじみの松本の居酒屋で一杯やりながら盃を褒めると、飛騨高山の古道具屋で買ったものだそうで、そこは私もよく行く店で笑ったことがあった。高山は日本でいちばん古道具が充実して店もたくさんあり、高級な美術骨董ではない生活雑器であるところがいい。その店の、学識を感じる店主は、高山に古道具屋が多いのは中央から遠く離れて物資の往来がなかったので物を捨てない習慣があるからと言っていた。これはうるわしいことではないだろうか。

　多いのは外側を藍染め山水画が一周し、酒を注ぐと中が湖になる「壺中天（こちゅうてん）」、これほど小さな器に雄大な世界観を表す酒器はない。漢詩など詩文を書いたものも多く、世界の酒器、いや食器で詩歌を書くものはあろうかと日本文化の高さを思う。

若いころは粋な渋好みだったのが、年齢とともに絵入り九谷などの派手好きになってきて、高知の朝市通りに沿って数軒ならぶ古道具屋や、琵琶湖東の長浜も九谷の掘り出し物がある。京都は地方に比べて三割ほど値が張る。そして良いものがある。これは別格とガラスケースにおさまる八〇〇〇円からするものはさすがにすばらしく、上には上があると意欲が削がれた。

とりわけ好きなのは、料理屋で使っていて役目を終えたものだ。「御池　角糸楼」「山崎　亀屋」「志の菊本店」などの店名入りは特によい。この盃でどれだけの人が酌み交わしたことか。祝いの盃もあれば、別れもあっただろう、好きな女を口説いた、あるいはふられた苦い酒も。大勢の手にあって役割を重ねた盃を、ご苦労さんだったと自分が引きとる。陶芸作家の名作などおよびもつかぬ逸品だ。

そんな盃がコンテナ一杯になって使い切れない。普段使いは五十個くらいを古箪笥の引き出しに入れ、今夜はどれにしようかなと選ぶ。その楽しみ。

昨年、日本橋高島屋の日本酒フェアでコーナーをもらい、およそ百五十点ほどを展示すると、同好の士が目を凝らしてくれてうれしかった。

盃の友

一九九九年にテレビ・旅チャンネルではじめた「ニッポン居酒屋紀行」は一部で評判になったらしく、一年後だったかプロデューサーから「他局で真似したいと言ってきたが、いいですか」と問い合わせがあり「どうぞ」と返答。間もなくはじまったそれはまったく同じつくりで驚いた。

今や居酒屋番組はいくらでもある。安いタレントを居酒屋に放り込んでおけば何かしゃべってくれるという安直さゆえだろう。しかしそれではおもしろいものにはならない。酒も知らず、主人と会話もできなく、「乾杯」だけで間がもたない。

私の番組はちがう（ここからは自慢）。ＢＳ11で五年目に入った「太田和彦のふらり旅　新・居酒屋百選」は一時間。日中は町や歴史や市場をしっかり探訪し、「その町の風土や気質がどう居酒屋に表れているか」を探る「居酒屋民俗学」で、主人に聞く地元の話題はもっとも大切だ。「わーおいしい」だけとはちがう（と自賛）。

最初の「ニッポン居酒屋紀行」は全五巻のＤＶＤボックスとなり、北海道釧路から沖縄石垣島まで精選した七〇の居酒屋を収録。その後は趣向を変え、ベスト一〇〇の「日本百名居酒屋」として再訪。これも全十巻にまとまった。なくなった店もあるが、それゆえ貴重さは高いと思う。まさに民俗学のつもりです。

全国の店の協力あってだが謝礼予算はなく、代わりに百名居酒屋では私のつくった盃「百名盃」をお礼に進呈。狙いは、その盃でみなさんに一杯傾けてもらいたい、この盃で飲んだら仲間という「盃の友」。仁俠の人が盃を交わす「兄弟盃」だ。

これはとても喜ばれた。宇都宮「庄助」では、大地震のとき徳利や酒瓶はみな落ちて割れたがこれだけは無傷だった、守り神だと感謝された。久しぶりに京都の「赤垣屋」に顔を出すと若い店主が「謝らなければいけません」と出したそれは、落として割れた破片を丹念に集めて金継ぎしたものだった。こんなありがたいことがあろうか。景色ができ、これこそ無二の盃になったのだ。

現在放送中の「新・居酒屋百選」でも、同じ有田焼で私がデザインし「江戸盃」と名づけたものを取材店へのお礼代わりにしている。みなさん訪ねたらぜひ「太田の盃で」と注文してください。そして盃兄弟となりましょう。

藍染有情

旅先の古道具屋で藍染の小皿も買うようになった。好きなのは物語のある絵柄だ。大きな芭蕉の下に髷（まげ）を結った中国童子がふたり。ひとりは台を指さしてもうひとりに何か尋ねている。鼎（かなえ）を思わせる三本脚の台に置いた香炉の線香一本が薫煙を流すのは、何かを占っているのか。中国古典にこういう説話があるのだろうか。

岸辺で対局の盤を挟むのを周りがのぞき込む中国古老の図柄も多く、一種の理想郷か。ここに頂き物の上等なカラスミを二枚盛ると絵になる。

山にぽっかり上がった巨大な月の手前に二頭の鹿が小さくたたずむ一枚は、手前の針葉樹の枝の先端がやや月にかかって遠近感をつくり、鹿の遠さを強調する。大樹と動物だけの、人のいない夜の世界を満月が隅々まで照らしだすのは宮澤賢治の物語のようだ。京都で買った舟形皿は、その通り葦の間から小舟を漕ぎ出す漁師を、岸で坊さんらしきが見ている。同じ絵柄で菱形皿もあった。

ご存知、書の上達に悩んでいた小野道風が雨の日、柳に何度も飛びつく蛙を見て己の努力の足りなさを知ったという逸話を描いた一枚は、傘を差した水干姿に烏帽子の道風は高下駄。しなだれさせた柳の大枝に小さな蛙の飛びつくポーズがよく、大（柳）、中（道風）、小（蛙）と視点を集中させ、遠く置いたあずま屋が世界をつくる。

東京・門前仲町、富岡八幡宮の日曜骨董市で見つけ、値段も見ずに即購入した。

やや大きな一枚は、葛籠を背にした旅人が、ひとりは両手に杖と風呂敷包み、あとひとりは葛籠に子を乗せ、右の大滝に目をやる。髷姿、脚半に裸足は明治ごろの支度で、泉鏡花を思わせる。流れ落ちる滝を線で表現し、藍の濃淡は湿度を保って滝しぶきが感じられる。囲む岩はあまり写実性のない筆法だ。遠くの山は須弥山かもしれない。飛騨高山で買ったもので、しばらく机に立てて飾っていた。皿を飾るのはよいものですよ。

ドイツのマイセンで見た西洋陶磁の名品はカラフルなパターン模様が多く、またマイセンハウスの博物館で別格のように展示された日本の伊万里の豪華大壺にも、こういう挿絵風に平明に物語を描いたものは見なかった。これは庶民の日本陶磁だけの世界なのだろうか。

日本三大居酒屋湯豆腐

居酒屋の「湯豆腐」は、野菜などと一緒の鍋料理ではなく、出汁で豆腐を温めておく「温奴」のこと。長年注文しつづけて「日本三大居酒屋湯豆腐」を決定した。

横須賀「銀次」は昭和二九年の開店。広い台所を囲む大きなL字カウンターや机の、天井高く古い居心地は最高だ。湯豆腐は特大アルマイト鍋の鱈と昆布の出汁で温まっているのをすくって芥子を塗り、削り節と葱を山盛りにして出され、そこへ醬油をひと回し。温奴は切らずに一丁のまま出すもので、ここのは昔の大きな一丁だが小サイズの半丁もあり、それが今の小売りの一丁と同じ大きさだ。鰹節は、ここを建てた大工だった、現おかみさんの義父が使っていた鉋を裏返して箱におさめた削り器で掻く。毎日通える常連がうらやましい。

伊勢「一月家」は創業大正三年、今の主人は四代目。大きな構えの堂々たる二階建て一軒家は午後二時の開店から机席、大座敷、長大なカウンターと、ひとりでも、勤め帰りでも、子連れ家族でも自由自在だ。湯豆腐は注文を受けると一丁を湯に沈め、温まったタイミングで上がってきたのに削り節、青葱を山とかけ、たれを回す。この「たれ」に秘密ありで「伊勢うどん」のものと同じなのだ。そこに一味唐辛子をぱらりと振ったうまさ！　お代わりしたこともある。

あと一軒は客のほとんどが座る前に「豆腐」と言う盛岡「とらや」だが、残念ながら閉店してしまった。しかし、その後を継ぐ名店が京都に生まれた。御所西「井倉木材」の好漢主人は父の木材店を継ぎながら平成二四年、念願の立ち飲み店を材木置場の敷地ではじめることにして、かねてより愛読の（本当です）太田和彦氏の本を手に全国を研究行脚。居酒屋でもっとも大切なのは湯豆腐と定め、とらや、一月家も訪ねた。要は豆腐。日本でもっとも豆腐がうまい京都でここと決めた店に毎朝取りにいき、その豆腐屋が休みの日はメニューにのせない。削り節、葱、醬油もベストを選んだ一品はまことにすばらしい出来栄えで、太田和彦氏を感涙せしめたという（本当です）。他の品も充実した、いま京都でもっとも推薦できる居酒屋だ。

たかが豆腐、されど……。居酒屋に入ったらまず注文してみよう。単純だけにもっとも難しいともいえ、湯豆腐のうまい店はかならず名店である。

横丁の楽しみ

酒場歩きは横丁が楽しい。赤提灯が並ぶ狭い路地は車が入ってこないので千鳥足でも大丈夫。なじみが満員なら隣へと、どうにでもなる。

青森八戸はその名の通り（ではないが）、たぬき小路、ロー丁連鎖街、みろく横丁など八つの横丁があり、肩ふれあう細路地は寒い北国にふさわしい。気に入りは陽気な姉妹とコタツのある「おかげさん」、お母さんの正調せんべい汁「せっちゃん」、丸太小屋と貫録女将の「浅坂」、アイラブ美人ママさんの「山き」。あれ、全部おかみさんの店だ。

盛岡櫻山神社参道は酒場だけではなく理髪店、花屋など生活感のある雰囲気がとてもよいが、再開発して駐車場にする市の計画に反対運動がおき、私も地元紙に「日本一の横丁を守れ」と意見記事を書いたりした。東日本大震災でまったく被害がなかったこともあり、市は「有効な観光資源として積極保存」と大転換。ＪＲ東日本の支援キャンペーンＣＭに吉永小百合さんがこの横丁の店で出演してくださり、今や盤石となった。気に入りは老舗「中津川」「茶の間」、新鋭「ハタゴ屋」「MASS」。

仙台も伊達小路、稲荷小路、狸小路など横丁がいっぱい。大正一三年に開通した通称「ブンヨコ」文化横丁の奥の奥、古い石蔵の「源氏」は昭和二五年開店。流動式燗付器の酒は芯から温まり、一杯ごとに肴がつく。静かに飲める雰囲気に東北大の先生や経済人の常連が多い。仙台にはかつて木造二階家が三筋に連なる「東一連鎖街」という日本一の横丁があったが、再開発でまことにつまらないビルになって町の賑わいが消えた大失敗があった。横丁を守るのは自治体の見識だ。

大阪「法善寺横丁」は二度の火災で道幅を広げる動きもあったが、地元旦那衆の猛反対で石畳も残り、ここで一杯やって水掛け不動に手を合わすのはもっとも大阪らしい風情だ。私のひいきはおでんの「上かん屋久佐久」。

長崎「思案橋横丁」は気楽な一口餃子や中華居酒屋、「男は親切、女は美人」の長崎人気質が温かい。おでん「桃若」の気さくなお母さんと大柄正直息子。ちょっと脇に入る「こいそ」のおおらか大将と娘らしさの抜けない美人奥さん。

結論、飲み屋横丁のある町は、かならずいい町。

東京三大酒場横丁

東京の町を徘徊して「東京三大酒場横丁」を決定した。

第一は門前仲町「辰巳新道」。江戸城辰巳の方角のこの地は、男の働く深川木場(きば)を控え、気っ風よい鉄火肌の辰巳芸者で知られた。昭和二六年、一軒三坪の制限ではじまった辰巳新道は今も三十軒余りの居酒屋がYの字に連なる。もちろん車は入れず、赤提灯や玄関から漏れる灯などがつくり出す景観は東京最高の酒場小路だ。焼鳥に腕を見せる「鳥信」。看板に書かれた方言「どさ、こさ（どこ行く？ ここ）」がいい「青森りんご」。角の「ゆうちゃん」は会津出身の主人を息子が継ぎ、六席の角カウンターが家に帰ったような居心地だ。横丁出口には東京、いや日本最高美人姉妹♡の居酒屋「だるま」もある夢のような場所。

第二は谷中「初音小路」。東京一の夕景「夕焼けだんだん」の坂上から朝倉彫塑館に向かう道の左、「初音小路」のゲート看板から細路地に木造の三角屋根がかぶる。終戦後の闇市露天のころは食品や衣料だったが、今はとば口の「手焼き都せんべい」

からはじまる両側は、沖縄料理「あさと」や「小料理京子」など二階家の居酒屋、小料理ばかりだ。いちばん奥にひょうたん型の提灯を下げる「谷中の雀」が私のひいき。高輪プリンスホテル料理長で海外店もいくつかこなした主人は自分の店をもつにあたり、ファンだった池波正太郎にちなんで「江戸料理　鬼平軍鶏鍋」ではじめた。私と歳も同じで江戸っ子のさっぱりした気質と名人料理で居心地抜群だ。浅草にも同名の横丁があり、こちらは藤棚がある。

第三は渋谷「のんべい横丁」。山手線土手に沿って紅白提灯が連なる六〇メートル二列の棟割り長屋二棟の三十軒はすべて酒場という渋谷の奇跡、今や文化遺産だ。どこも間口一間、カウンター数席と主人の立つ極小店、二階は狭い階段を履物を脱いで上がる。もっとも古い「鳥福」は焼鳥名店。特徴は、どの店も欧米人常連がいっぱいの国際色豊かなこと。酒飲みの横丁好きは万国共通だ。私のひいきはワイン・日本酒・ビストロ料理の「黍（きび）」。元アパレルの広報レディだった美人ママさんとすぐ目の前でお話ができるうれしさよ。横丁の店は小さくなくてはいけない。数人でなら「やさいや」は二階の三畳座敷を独占して飲み会に最適だ。

ゴールデン街

横丁も、新宿ゴールデン街になると格がちがう。

極狭三筋の路地に密集するあばら家同然の二階家はすべて酒を飲むバー。それぞれ勝手放題の無秩序がつくり出すカオスの迫力は他に類がない。もともと二階は街娼との「ちょんの間」に使われていたのが、六〇年代新宿のアングラ文化拠点として、急進派の映画、演劇、音楽、出版人らが夜な夜な派手な口論から「表に出ろ」と喧嘩を繰り返し、普通の人が行くには相当勇気が必要だった。

しかし私は40を過ぎたころから、ゴールデン街に通う男になろうと思いひとりで足を運んだ。たてつけの悪いドアをギーと押すと七人ばかりのカウンターの先客がいっせいにじろりと見る。ひるまず座りウイスキーソーダ割を注文、そして飲む。こんなところにひとりで来るのはどんな奴かと見ていた先客も飽きて自分の話にもどる。度胸だ。酒場に入って一杯飲むなど当たり前のことだと。なじみになったのはコメディアンで日本冒険小説協会会長の故・内藤陳さんの、日本冒険小説協会公認酒場

「深夜＋1」だ。店内は演劇や映画のポスターやちらしが壮烈に重なりあい、ふれると崩れるから注意しないといけない。黙ってやってくる男に会長（内藤さんはこう呼ばれていた）は思いがけず「太田さんの本読んでるよ」と声をかけてくれた。

ここは出版・映画人が多く、耳に入る業界の話は興味がわく。酒を味わうというよりは、本や映画や演劇の話をしにくる硬派ばかりで、批判、反体制の心意気はまことに健在だ。ハードボイルド小説の大家・大沢在昌さんと行ったとき、会長は「妙なコンビだな」といつものニヤリ笑いを浮かべた。美人女性作家と「ボニーとクライド」を気取ってバンダナで顔を隠し、用意したモデルガンを突きつけ「黙って手をあげろ、今日の売り上げを置け」と脅すと、会長はニヤリと笑い「お若いの、撃鉄が起きてねえよ」とたちまち銃を奪った。後日ひとりで行き「ギャングはやめたのかい」と言われ「足を洗った」と答えると「まあ、地道にやれや」と一杯注いでくれた。

心意気だ。男ならゴールデン街に通え。私はしばしば女性をお連れし、こわごわ入った女性はみなまた連れてってと言う。最近は外国人客がたいへん多く、行儀の良い表通り文化よりも、危険で人くさい裏町文化を体験したいのは万国共通なのだろう。

居酒屋遺産（一）

自然遺産、文化遺産、歴史遺産。古くから続いている価値を遺産として継承してゆくのはとてもよいことだ。私は「居酒屋遺産」を提唱したい。その条件は、

・創業が古く昔のままの建物であること
・代々変わらずに居酒屋を続けていること
・老舗であっても庶民の店であること

「創業が古く」とは明治〜昭和戦前。戦後も昭和三〇年ごろまでならば、もう加えてよいかもしれない。「代々変わらず」ならば現主人は三代目あたり以降か。「庶民の店」とは、居酒屋はそういうものだからだ。

東京でもっとも古い現役居酒屋は神田「みますや」と思われる。創業明治三八年。建物は関東大震災で一度焼け、今のは昭和三年の再建だ。根岸「鍵屋」は酒屋の創業安政三年（一八五六）、昭和初期から店の隅で飲ませはじめ、戦後は居酒屋専業に。江戸時代の建物で酒が飲めると文士や芸人に愛されたが、言問通りの拡張で小金井の武

蔵野郷土館（現・江戸東京たてもの園）に移築保存。昭和四九年、一歩路地裏に入った大正時代の琴の師匠だった家を店に改装して、昔のままを続けている。

神楽坂、毘沙門天前の路地に風格ある長い縄のれんの「伊勢藤」は創業昭和一二年。最初の建物は戦災で焼けたが、昭和二三年そのままに建て直した。創業先々代が昭和初期に通っていた日本橋の居酒屋にならったそうで、酒は囲炉裏の燗酒、肴は決められた品が順番に、冷暖房なし団扇（うちわ）ありと戦前そのままのやり方を今も守っている。

十条の「斎藤酒場」は酒屋だったのが戦時中に男手がなくなり居酒屋にして続き、ゆるやかな舟天井、年期を経た腰板、大小ばらばらの机などは昭和の居酒屋そのままだ。客の置いてくれたラジオが今もあるのもよい。

八重洲口の「ふくべ」は昭和一四年に日本橋の立ち飲みからはじまり、二一年に今の場所に移り、現建物は三九年。外まわりこそ変わったが内装の風格は変わらない。

中野「らんまん」の建物は大正一一年と古く、戦時中の焼夷弾からも助かった。昭和三九年に居酒屋となり、きっちりした仕事が続く。銅板の青くなった看板建築も貴重になってきた。

居酒屋遺産（二）

秋葉原「赤津加」は、東京にまだこんなに粋な店があるかと驚く黒塀で囲まれた白壁の二階家だ。元は待合だったのが明神下に移転、その後を居酒屋に変えた。黒豆砂利洗い出しの床、くねくねと曲がった天然木の大黒柱など、かつての花街と神田の侠気を漂わせてすばらしい。

月島「岸田屋」は、大正時代はお汁粉屋で、昭和四年に酒屋となり、戦時中の国民酒場からそのまま居酒屋になった。玄関間口いっぱいに回るコの字カウンターの中は酒料理を運ぶためだけの幅六〇センチくらいと狭く、向かいの客と話ができる、まさに大衆酒場の原型だ。

北千住「大はし」は明治一〇年に牛肉屋として創業し、大正時代には牛めし屋、戦後居酒屋になった。四代目主人は明治の建物に誇りをもっていたが、ついに限界がきて平成一五年に建て替えた。建て替えたが以前とまったく変わらない店内にファンは涙を流した。

全国を視野に入れると旭川「独酌三四郎」、八戸「ばんや」、仙台「源氏」、横須賀「銀次」、静岡「多可能（たかの）」、名古屋「大甚（だいじん）本店」、福井「魚志楼（うおしろう）」、京都「神馬」「赤垣屋」「京極スタンド」、奈良「蔵」、大阪「明治屋」、福岡「安兵衛」などが挙げられる。これらの店は酒も料理も雰囲気もすべて一級で、それが永年の伝統の価値だ。

繁盛した居酒屋が、よしここらで店をきれいにしてさらによくしようと改装すると、途端に常連客が離れてしまったという例をいくつも聞く。もちろん古い建物は限界があるからその時期はくる。そのときは耐震、厨房、トイレなどは清潔最新に取り換えるが、客席は古いカウンターも机も丸椅子も、床も壁も照明も、何もかも古いままに流用再現するのが肝要だ。古い居酒屋の魅力は、こぼれた酒のよくしみたカウンターに何十年も通ってきた客の列に自分も加わることにある。しかし店内が変わってしまったらその意味はなくなる。

これらの居酒屋遺産はさまざまな問題でどんどん減ってきている。横浜「武蔵屋」「栄屋酒場」、盛岡「とらや」、福井「かっぱ」の閉店は痛かった。

今も続く「居酒屋遺産」にぜひ通って、居酒屋文化を継承してゆこう。

日本一の居酒屋

ながいあいだ各地の居酒屋を訪ねて結論が出た。日本一の居酒屋は名古屋の「大甚本店」だ。

広小路伏見目抜きの大きな交差点角に午後三時半ごろから人が並びはじめ、四時開店の暖簾が出ると店内が明るくなり次々に入店。中は広く八人掛け大机がいくつも置かれ、奥は小上がり席で小机、その奥は大勢さん用の大座敷。

ここは注文はとらず、客は大机にぎっしり並ぶ小鉢から好きなものを自分で取って自席に置く。その小鉢は、かしわ旨煮、いわし生姜煮、鶏胆、タラコ、浅蜊ぬた、丸いか煮、ポテサラ、きんぴら、納豆などなど、およそ考えつくあらゆる季節の肴が並び、人気は穴子や鯛の子などの煮物。なくなると湯気をあげて次々に追加され、それらが二〇〇円から三〇〇円。さらに隣は鮮魚コーナーでガラスケースに並ぶ鯵やマグロ、鮎などを指さし、刺身、焼魚、煮魚、天ぷらを決めて注文すればやがて調理されて届く。

酒は大甚専用に仕込んだ広島の「賀茂鶴」が毎日大樽で運ばれ、玄関脇の「日本一の燗付場」に青竹タガもきりりと鎮座する。赤レンガ二連大竈の湯にはつねに盃が温まり、徳利が浸かって、注文すれば湯から上げて十秒で届く。樽香をたたえた酒の味は比類がなく、ゆるやかに何杯も何杯も飲めるのはこれぞ晩酌の酒。

明治四〇年開店、早世した山田徳五郎の妹ミツが店を継ぎ、その才覚と人柄は多くの人に敬愛され、55歳に働きづめで亡くなる。今は息子の弘さんが主人で、80歳を超えながら毎朝仕入れにいき、調理を指揮してまことにお元気だ。

混む店内を差配する弘さんはシャネルの太縁眼鏡、胸ポケットに栓抜きがトレードマーク、勘定は机の徳利小鉢を見て、しゃっと算盤(そろばん)を入れる。燗付場に立つ奥さんはつねに客を見わたして適温燗を用意する。店は大きく、息子さんふたりが一階二階を担当し、昭和二九年の建物は欅(けやき)や檜(ひのき)を贅沢に使いまったくガタがない。

毎日来る人は大勢いる。出張帰りに一時間だけ寄って新幹線最終に飛び乗る人も。カウンターで主人相手にちびちびではなく、上座も下座もなく、祭の寄合酒のように好きずきに酒を飲んでいるのは感動的だ。これぞ日本一の居酒屋。

バーへ行こう

みなさんはバーに通っておられるだろうか。

映画やドラマで男ひとり、重そうな扉を押し、ゆっくり歩いてカウンターに座り、おもむろに一杯注文する。やがて届いたグラスを含みひと息つく。なんでもないことだが、なんかカッコいい。男なら、年齢を経た男ならこのくらい平然とできるようになりたい。

なれます。私は三十年も続けています。

初入店で気になるのは、何を頼み、値段はいくらかだ。バーにメニューはなく「何にしましょう?」と聞かれてもわからずに、目の前の酒棚に名前を知るウイスキーを見つけてそれを言う。「飲み方は?」「えーと、オンザロック」「かしこまりました」。届いたグラスをひとくち。これじゃ家で飲むのと変わらないなと。

バーはその人のための一杯を目の前でつくるところ。それにはただ注ぐだけよりも、技術のいるカクテルで腕をふるってもらいたい。私は修業時代(?)、十種ほどのカクテル名とそのレシピを書いたメモ、つまりアンチョコをつねに携行し、カウンター下でちらりと見て、さも知っているように注文。ベースの酒（ジンとかウォッカとか）にどうするかを頭に入れたから、目の前のバーテンダーの仕事の意味がわかり、「どうぞ」と差し出されれば、ああこういう味なのかと納得する。こうしておぼえていった。

値段は何度か行けば見当がつく。バーはだいたいチャージ（席料）があり、五〇〇円からいちばん高くて一五〇〇円。カクテルは一杯一〇〇〇〜一五〇〇円。銀座の高級店で二杯飲むには五〇〇〇円用意すればよい。これが高いか安いかは個人の判断。バーの基本を守るオーセンティックバーは、食べものはなくビールもない。もちろん接客女性はいない。ママやホステスがお相手するのはクラブ。ここではきちんとした酒は出ず、やたら高いだけ。

では何があるか。それはまずカクテル技術。次に店の内装や雰囲気に表れるオーナーの美学、そしてバーテンダーの酒の知識と人柄だ。一杯の酒を味わうために最高の席を用意するのがバーだ。そこに、その覚悟をもって入る。

そんなの御免だね、酒は大衆酒場で気楽に飲むのに限る。それもごもっともです。

紳士を気取る

バーは究極には「紳士であることを楽しむ」場所だ。身なり、行儀、落ち着いた振る舞い、会話術、ユーモア、また女性のエスコート。酒に詳しい必要はない。しかし多少知識があれば深く楽しめる。深酔いせずきれいに帰り、また来る。まさに「大人が大人として通うところ」。その仲間にゆっくりと入ろうではないか。

最初は覚悟して銀座のバーをすすめる。敷居は高いが、もういい歳になったのだから、自信をもって高い敷居をまたごう。銀座のバーはどこもプライドがあり、それは、大物政治家でも、有名俳優でも、一流文化人でも、平凡な会社員でも、女性ひとりでも、どんな客にも平然と同じ応対をするプロの度量だ。そこにはもちろんはじめて来た普通の客もいる。少し身なりを正してからドアを押し、どうぞと言われればその席に。ひとりはかならずカウンターだ。座ってまずすることは注文。アンチョコで決めてあるものを言う。

「ジントニックを」「はい、ご指定のジンはありますか?」「いつもお使いのもので」

「かしこまりました」。あとはじっと仕事を見る。「どうぞ」と差し出されたらひとくち。そして「おいしいですね」「ありがとうございます」。

この一連をこなせば自分も、はじめての客に緊張するバーテンダーも互いにほっとする。これが第一歩だ。

がぶがぶ飲むものではなく、押し黙っているのもナンなので軽く口をきくが、生半可な酒の知識などは話題にせず、「この店は古いんですか」くらいがちょうどよい。そしてもう一杯、これも決めてある。ベースの酒を変えて「ダイキリを」「かしこまりました」。今度はバーテンダーの華、シェイクを見よう。

バー入門に銀座をすすめるのは、ここに慣れればどこのバーでも自信をもって入れるようになるからだ。どうせ気取って入るところだから一流から出発しよう。バーもいろいろで、謹厳なホテルバーも、町場のくだけた店も、新宿ゴールデン街もある。銀座もゴールデン街もどちらも行く、どちらにも女性を誘う。そして同じ姿勢で飲む。これを紳士と言おう。すこし予習の向きには小著『ＢＡＲへ行こう。』（ポプラ新書）をおすすめします。アンチョコもついてます。

落魄の境地

およそ三十年も前。会社を辞めてフリーになり、金はないが時間は山ほどあるころ、ある読みきりの居酒屋探訪記を頼まれて出かけた。

東北の町をさまよった最後の弘前。まだ若く、相当飲んだ最後、町はずれにぽつりと一軒灯りをともすしょぼい店があった。すでに何軒もはしごして原稿の素材は足りた。後はホテルに帰って寝ればいい。仕事は終わった。やれやれお疲れの気持ちがその店に入らせた。もう取材するつもりはない。

〈町はずれのどのあたりにいるのかもわからぬまま、赤提灯の下る居酒屋のがたぴしの小さなガラス戸をあけた。酒のしみたカウンター、合板の机に丸いパイプ椅子。壁には最終列車に赤線を引いた時刻表。おでん鱠には残りものがいくつか泳ぎ、首にネッカチーフ、綿入りネンネコのお婆は身じろぎもせず、じっと座っている〉

そのときの文は続く。

〈店は汚く、酒はまずい。おでんに箸をつけるつもりはない。古週刊誌はあるがテレ

ビはなく、いや物音は何もなくシンとしている。お婆に話しかけても返事は期待できない〉

店の観察は自分に向かう。

〈ここに自分が居ることは誰も知らない。私は何をしているのだろう。何もしていない。ただここに居ることを味わっている。居ることが安息なのであればここは天国か。天国とは汚いところだ。その汚い天国の、なんと居心地のよいことか。こうして私の流浪の居酒屋旅が始まった〉

そのとき私は居酒屋の神髄を知った。それは「落魄（らくはく）」だ。落魄を味わうことこそ居酒屋の神髄だ。

【落魄】もと持っていた栄位・職業や生計の手段を失い、する事も無く、ひっそりしていること。おちぶれること。（新明解国語辞典）

すでにそれは日常の自分になった。落魄とはなんと居心地の良いことか。あれこれ人生に迷い、もがいてきたがこんな境地があったか。

落魄をもとめて今夜も居酒屋へ、か。

旅のあとさき

旅の町歩き

ひとり旅の楽しみはいろいろだ。自然や風土、歴史や名所。私は町歩きが好きだ。それも商店街。日本の町はどこも同じになってしまったと言うけれどそれは郊外で、旧市内の古い商店街は味わいがある。魚屋があればかならず見る。この地はこんな魚が揚がるのか。安いな、買って帰ろうか、干物なら大丈夫か。東北八戸ではカレイ一夜干しを買う。仙台では笹かま、千葉勝浦の朝市では丸干し、高知ならパックのかつおたたき。市場があればベストだが大きなスーパーに入るのもおもしろい。その土地だけのお総菜や、即席ラーメンなんかも変わったご当地ものがある。

歩いてゆくと神社になった。玉砂利を踏んで参拝するのもいいものだ。土地の氏神に手を合わせよう。この古い狛犬はなかなかいい面構えだな。パンパン。かしわ手を打つと何やら気が晴れた。

本屋も入る。本のそろえは全国でそう変わるものでもないが、ふだん本屋にぶらりとながく居ることも少ないので、立ち読みも楽しく、郷土出版書はぱらぱら見るだけでも土地を知る。アウトドアショップがあると入りたくなる。最近の道具はどうなっているか見てみたい。歩くうちコーヒーのいい香りがしてきた。本格派だな。買った本をここで開くか。いや新聞だ、地方紙があるだろう。

昼は蕎麦屋がいいな。歩きながら何軒か見たが、あそこが老舗でよさそうだ。引返して暖簾をくぐる。「いらっしゃいませ」白髪のお婆さんが前掛けにお盆でお茶を運んでくれるのがうるわしい。「名物とろろそば」これにしよう。つまりは自宅の近所でできることばかりだが、これを地方の町でするところがおもしろい。

それは解放感だ。この町では誰も自分を知らない。決めた用事もない。携帯電話も切ってある。散歩しようが、昼からビールを飲もうが、公園で横になろうが自由だ。別の町で普段のことをするのがいかに楽しいかはやってみるとよくわかる。東京では人目もありこんなことはしない。買い物嫌いの私が、東京にもある大型店に入りスニーカーを熱心に品定めする。服を買うこともある。そうして宅急便で送ってしまう。

歩きながら探しているのは今夜の居酒屋だ。その町の人と肩をならべて一杯やる。だいたい見当がついた。そろそろホテルに帰り、ひと眠りして夜に備えよう。

中高年の旅

ある調査で、リタイア後に夫婦でしたいことの不動の第一位は「国内旅」だった。海外も何度か行ったが、言葉は通じないし、治安は悪いし、お金の計算はできないし、つねにパスポートを失くさないか心配だ。いい歳になれば旅先で倒れたらも考えておかねばならない。それが国内は、言葉は通じるし、治安はよいし、お金の計算はできるし、いざとなれば携帯電話がある。

また海外旅行は、おしきせの観光レストランよりも、こわごわ入った裏町の地元酒場がいちばんの思い出になることがよくある。しかしガイドもなしにそういうところへ入る勇気はなく、入っても外国語のできない身としては、何か話をしたさそうな主人と会話ができたら楽しいのになあと残念な思いもした。

国内旅は、その町の日常に夫婦で加わるおもしろさがある。市場があればすぐ直行。近所のスーパーへ夫婦でゆくなどしたくもないが、知らぬ町の市場だとおもしろい。「あれ買おうか」「こっちのほうがいいわよ」とうまそうなものをあれもこれも購入、その場で宅配便で送ってしまえば、帰ってからの楽しみになる。市場の食堂はかならず安くてうまい。

また中高年夫婦旅のコツは昼間は別行動にすること。一日じゅうべったり一緒にいるのは家と同じで疲れるし、訪ねたいところをいちいち相談するのもめんどくさい。海外ならばひとり歩きは避けたいが、日本はそれができる。

男は歴史探訪や建築ウォッチ、奥さんは美術館やお買い物。夕方帰ってしばらく休憩し、夜に備える。夫婦別々にシングルルームをとる人もいて、これが何の気がねもなくいいのだそうだ。そうして夜の居酒屋で一日何をしていたかを報告しあう。「オレは昼は蕎麦、うまかったぞ」「私はパスタ、けっこうじょうず」この調子。

また夫婦旅のよさは、ふたりで向きあっていてははずまない会話が、居酒屋のカウンターに座れば、そこの主人や女将を中に三角形にはずむこと。「ご夫婦で旅行なんていいですね」「いやこいつが行きたいって言うから」「あらこの店選んだのはあなたでしょ」。いつしか土地の料理や隠れ名物に話が広がるのでした。

青春の無銭旅行

はじめての旅らしい旅は、今から五十年以上も前、17歳のときの無銭旅行か。

当時のベストセラー、小田実の『何でも見てやろう』に刺激され、男は旅に出なければと決意、同じ高校美術部で絵を描いていた友達を誘った。まずは資金調達。町のカメラ屋さんのポスターを勝手に描き、店にもち込んだのだから図々しいが、たしか一〇〇〇円で買ってくれた。

それを手に高校二年のゴールデンウィーク初日の夜、長野県松本郊外の長距離トラック基地に行き、ある運転手に「京都に行きたいが乗せてくれ」ともちかけると、上から下までじろりとにらみ「いいよ」と言った。学生服に学帽が信用されたのかもしれない。

はじめての大型トラックの運転席は広く、ふたり組運転のひとりは席の後ろの寝台で横になり、我々は助手席にならんで座り、夜の二十三時ごろ出発した。

塩尻、上松、木曽福島……深夜の中仙道、木曽谷の底の真っ暗な道をヘッドライトの明かりだけが照らし、ときおり急カーブの向こうから強烈な光が突然迫ってきて対向二車線を猛スピードですれちがう。長距離トラック運転手はおよそ無口なものだが、それよりも難所で知られる街道に緊張していたのだろう。無言の時間が過ぎてゆくうち、子どものこちらは眠ってしまった。

翌朝目を醒ますとトラックはすでに名古屋を過ぎ、当時日本初の高速道である名神高速に入っていた。休憩所に入ったとき荷台に乗ってよいか聞くと「いいよ」となった。

蓋(おお)うテントもない大型トラックの荷台で、晴れわたった空の下にぐんぐんスピードを上げ、追い抜く小型車を上から見下ろすのは気分がいい。「やったなあ」オレたちふたりはわけもなく痛快になり拳を上げた。

京都でおろしてもらって礼を言うと、昼飯を終えた運転手ふたりは首タオルにくわえ楊枝で「まあ、気ぃつけて行けや」と言ってまた運転席に戻った。

ギー、ブロロロロ……高い運転音でトラックは去り、残ったふたりはなんとなく見送って歩き出した。

下北沢からはじまった

大学に合格して上京し、下北沢に下宿した。南口から商店街を抜けた住宅地のはじまりの、化粧品店の脇を入った奥の古い物置小屋を改造した一軒家だ。小さな戸を開けた目の前が水道と流し、左三畳間の一畳ぶんは下が物入れの寝台。水道の右は畳半分の便所。計三坪もないが、これぞ独立した自分の家とおおいに気に入り、実習用のケント紙を切って「太田和彦」と表札を出した。まさに方丈の住み家だ。

すぐ近くに銭湯も豆腐屋も、仕送り書留を受けとる郵便局もあり、北口の戦後のままのマーケットは魚屋、おでん種、外国チョコレート、米軍放出衣料などがならび活気がある。駅前の小田急ストアでくずハム、八百屋でもやし一つかみ、豆腐屋で豆腐と納豆を買って計一一〇円。くずハムもやし炒め、豆腐の味噌汁、納豆に白いご飯が以降不動の自炊メニューになってゆく。当時の下北沢は新宿あたりから流れてきた売れないゲージツ家がたむろしているような自由なサブカルチャーの雰囲気があり、デザインを学ぶ身にはぴったりだった。三軒ある映画館も草履ばきでよく入った。あこがれのひとり暮らしは自分をつくってゆく。

子どもが30歳、40歳を過ぎても結婚せずに親と住み、50歳の彼らを80歳の両親が経済的にささえている状況を「８０５０問題」というそうだ。子どもを自立させなかったツケだ。家から追い出してひとり暮らしさせ、あまり援助もしないでおけば、何でも自分で解決しなければならない「決断力」、自炊洗濯耐乏暮らしの「生活力」、目標を失わない「意思力」、他人と組む「協調力」をつけてゆく。さらにひとりの淋しさを埋めてくれる恋人も。

それがないままだらだらと親と同居するから、いつまでも一人前にならず、結婚もできず、あげくのはては引きこもり、何でも親のせいにした確執、と最悪になる。親が甘かったからだ。文句を言わせず家から放り出して自立させなかったからだ。

人間関係や家族は、つねに一緒だと互いの欠点が目についてくる。逆に離れていれば相手の良さが見えてくる。たまに会えた時間を大切にするようになる。私は17歳で親元を離れて以来、帰省の盆正月はいつも温かく迎えられ、母の手料理で父との酒、近況報告をなごやかに楽しんだ。感謝あるのみだ。

真ったただ中に身を置く

大学を卒業して銀座の資生堂デザイン室に就職が決まると、下北沢の家を出る日が来た。これからは自活だ。苦労して仕送りを続けた親はどれだけほっとしたことだろう。越した先は京成本線東中山にあった賄(まかな)い付き独身寮だが、個室はただ寝るだけのスペース。その狭さもだが、仕事後に先輩たちと飲みに出て話が佳境に入ったころ、終電で先に帰らねばならないのはいかにも惜しく、通勤に時間を費やすほどの損はないと気づき、半年で出て東横線学芸大学に越した。

しかしそれでも銀座には遠く、一年ほどして越した千駄ヶ谷の木賃アパート「千二荘」(千駄ヶ谷二丁目の略)は風呂もなくしょぼいが、ここなら会社のある銀座からタクシーで帰ってもそうかからない。もはや飲み席に最後まで居るのは当たり前になる。以降の、帰りを心配しない飲み方の習性はここで定まったか(だめですぞ)。

住みはじめるとすべてが徒歩圏内になった。神宮外苑や国立競技場は散歩に最適。青山に開店した日本最初の深夜スーパー「ユアーズ」は有名人が出入り。まだ静かだった原宿交差点の「セントラルアパート」は浅井愼平さんなど第一線クリエイターの事務所が軒並みで、一階の喫茶「レオン」はコーヒーお代わり無料のたまり場。高級マンション「ビラ・グロリア」地下の伝説のバー「ラジオ」は、学生時代からよく知る藝大を出たばかりの杉本貴志さんのデザインで、家が近い私は「毎晩来い」と言われ、そこで和田誠さんなど多くの一流人を見て、自分が毎日成長している自覚を育む。

会社にこもっていては世界が広がらないと銀座を抜け出し、当時気鋭の人士が集まる青山や六本木に毎夜通い、最後の二時、三時は歩いて帰った。家が近いのはなんとよいことか。「おう、太田」「あら〜、太田ちゃん」の刺激的な夜が自分を鍛えてゆく。交遊こそ財産。酒はあれこれ言わずウイスキー水割り一点張り、金はなかったが何とかなっていたのは広告代理店あたりが払っていたのだろう。

田舎から上京して強く思ったのは「好きなところに住める東京の自由さ」だった。これを実行しない手はない。環境第一、部屋は二の次。住む場所が自分をつくる。その真っただ中に居なくてどうする。誰にも相談しなくてよいひとり暮らしの気楽さがそれを可能にした。

いつもコーヒーがあった

就職した資生堂のデザイン制作室は自由な雰囲気があり、朝タイムカードを押すと、そのまま喫茶店に行くのが当たり前だった。銀座はモーニングサービスの喫茶店がたくさんあり、よく行った「銀座ウエスト」は、ウエイトレスは白ブラウスに紺のスカート、机は白いテーブルクロスに花一輪と品がよく、コーヒーもうまかった。静かに流れるクラシックは一週ごとのプログラムが置かれていた。静岡新聞社二階のガラスに囲まれたカウンターだけの店「パンケーキハウス」は新聞雑誌が充実し、「少年マガジン」連載中の「あしたのジョー」はほとんどここで読んだ。

昼休みは数人で食事を終えると、三島由紀夫も来ると聞いた並木通り角の「ジュリアン・ソレル」へ。先端女性モードのマネキンの立つらせん階段を上った二階が喫茶室で、広いガラス窓から見下ろすみゆき通りは、当時創刊した週刊誌「平凡パンチ」の表紙画と同じ、「VAN」の紙袋を手にした「みゆき族」がたむろしていた。新開店した「グレイス」は、美女お姉さんウエイトレス目あてに毎日のように通った。サイモンとガーファンクルの「サウンド・オブ・サイレンス」がいつもかかっていた。課単位で週一回ひらく「課会」も喫茶店でコーヒー代は課長もち。ひとりずつ何か話をすることになり、ある先輩は通勤のマイカー「ミニクーパー」について熱く語り、自分は「浮遊するレイアウト」なるデザイン論を開陳したっけ。会社に行ってもコーヒーばかり飲んでいた気がする。

作家・椎名誠さんを隊長とする「あやしい探検隊」の野外キャンプにまぜてもらうようになり、カヌー川下りや無人島などあちこちに男ばかりで出かけた。メインは夜の大焚火を囲んでの酒宴だが、片づける習慣がまったくない団体の翌朝は、燃え尽きた焚火の周りに汚れたカップや食べ残し、空のウイスキーボトルが散乱する凄惨な眺めだ。早起きした料理人のリンさんが「カズさん、コーヒー飲む?」と、ポットに粉をそのまま入れて沸かし、火から下ろしてしばらく置き、粉の沈殿を見計らって上澄みをそっとシェラカップに注ぐ。ぬるかったらカップを熾火(おきび)にかざすと温まる。

朝もやに白い湯気を上げるコーヒーはうまかった。

好きなところに住む

30代も半ばになり、そろそろ身を固めねばと思いはじめた。千駄ヶ谷の木賃アパートはなんとか風呂付きになったが、こんなところでは嫁さんなど来てくれないと決心して、会社の住宅ローンを申し込んだ。二十年返済「二〇〇一年ローンの旅」だ。

不動産屋から紹介された六本木は、当時バブル夜遊びの中心地で半信半疑だったが、見にいった鳥居坂のマンションは歓楽街の喧騒から離れ、名建築の東洋英和女学院や広大な日本庭園をもつ国際文化会館のある落ち着いた場所だった。ローンを組むには戸籍謄本が必要で信州松本の父に頼むと「この際本籍を移したらどうだ」と言われそうした。以降私の本籍は東京都港区六本木だ。

たいした家財もないまま、はじめて自分がもった住み家に越すと、毎週末、近所の散歩に出た。鳥居坂下の麻布十番から再び坂を上がった元麻布は、森閑とした古い東京の屋敷町で大使館がならび、「西町インターナショナルスクール」には外国人の子どもらが通い、スーパー「ナショナル麻布」は外国人ばかり。一方、麻布十番はまだ地下鉄も通らず、東京のエアポケットのような古い商店街で、豆腐屋も、銭湯「麻布十番温泉」もある。

すっかりここが気に入ると、もう住む場所では遊ばないと六本木歓楽街も行かなくなり、人も誘わず、もっぱらひとりでわがマンションの前を通りすぎ、気に入った居酒屋で過ごした。東京暮らしでたどり着いたのは、古き良き山の手だった。その後、嫁さんにも来てもらえ、生活基盤は固まる。

数年後に会社を辞めると、歩いて通える麻布台に仕事場を借り、家庭とは別にまた自分ひとりだけの居場所をもった。17歳に下北沢ではじめたひとり暮らしは基本の生き方になっていた。「方丈」が身についていた。ローン返済でばりばり働かねばならないが、その基地ができた。ようし、やるぞ。

それから三十年。妻の母と同居のため六本木の狭いマンションは出て、今は目黒。やはり近くにひとりの仕事場をもっている。下北沢→千駄ヶ谷→六本木→目黒。あちこち移り住んだ場所はそのときの自分の課題に沿い、場所が自分をつくっていった。

人生は一回。貧乏でも狭くても「好きなところに住む」は今も続けている。

東京を味わう

小さいながら六本木にマンションの一室を手に入れて結婚、会社を辞めて自分の仕事場をもった43歳、人生第二部の実感がわいてきた。頼りは自分だけだが、安定した気持ちは足を下町に向かわせてゆく。続けていた居酒屋歩きで東京のよい居酒屋は下町＝古い東京にあるとわかってきていた。そこを丁寧に歩く。まあヒマなのだ。

湯島、創業大正一四年の「シンスケ」は、白木仕上げの内装に、湯島天神祠が上がるほかは何もない潔癖な店内に長大なカウンターが一本。縞の袢纏（はんてん）、頭に手拭い豆絞りの三代目が秋田「両関」の薦（こも）被り樽を背に、駘蕩と燗をつける。大相撲東京場所の初日前は番付ふれ太鼓が訪れ、祝儀を渡す。近くの東大の先生から早じまいの職人まで客の話題は相撲と落語。にこやかに飲みながら、騒ぐ者や過度な酔っ払いを締め出す空気をつくる。会社先輩にはじめて連れられてこれぞ生粋の東京と感じ、いつかはこのカウンターにひとりで座れるようになりたいと思っていた。今こそ実行しよう。

根津の「鍵屋」は安政三年に酒屋として創業し、昭和初期から店の隅で一杯飲ませはじめ、戦後居酒屋になった。江戸の建物で酒が飲めると文人芸人が通い、居酒屋らしからぬ白ワイシャツで通した主人は、永井荷風や谷崎潤一郎ら多くの作家に愛された。旧建物は小金井公園の江戸東京たてもの園に保存され、今のは大正時代に踊りの師匠が住んでいた家だ。昔とまったく変わらない品書きで昔の東京のように酒を飲めるのがうれしい。

浅草観音通りの「志婦や」は気さくなお父さん、お母さん、ふたりの息子、手伝いのおばさんの家族経営が、実家に帰ったようにくつろげる温かさが魅力だ。三社祭は昼から営業し、息子の若奥さんはパッチ鉢巻で御輿かつぎに飛び出してゆく。大豆を茹でた〈みそ豆〉は鍵屋のお通しと同じで、すぐ出るのがせっかちな江戸っ子好み。

湯島、根津、浅草、千住、門前仲町。歩いた下町は戦前の、さらに江戸を伝える東京だった。上京して二十有余年、ようやく東京の奥に近づいた気持ちがしてきた。

永井荷風は麻布の住まい「偏奇館」から浅草下町通いを続けた。私の仕事場は偏奇館のすぐ近く。同じようなことをしていたが、浅草の美人踊り子さんに縁がないのはざんねん。ともあれ、40過ぎ男の人生第二部は、日和下駄ではじまった。

住みたい町

ながく東京に住み、ここで一生を終えそうだが、住んでみたいよその町はある。

千年の古都、京都。伝統建築の町は美しく、着物の女性が歩くのは普通のこと。もてなし文化のある料理屋、居酒屋もいくらでもある。町に品があり、住む人もまた。畏友・角野卓造さんは京都好きで、年間六十日近く滞在するという。「何してるんですか?」と聞くと「友達に会ったり、ひとりで酒飲んだり、太田さんと同じ」と言われた。私も六十日は無理だが、何かと理由をつけて年に三回くらいは行く。泊まりはポイントもためているビジネスホテルのいちばん安い部屋。もう昼間は出かけずパソコンで仕事。夕方からいそいそと「おこしやす」を聞きに居酒屋へ。

神戸も住みたい最有力候補。毎朝、波止場を散歩して海を見る。昼は日本でいちばん充実した町中華。夜はなじみの居酒屋、たまにジャズライブを聴いてバーで仕上げ。しゃれた神戸ライフはあこがれだ。神戸新聞を読む朝の喫茶店も決まっている。

盛岡もいい。宮澤賢治を生んだ町は文学的気分がわいてくる。料理や居酒屋は東北の風土に根づいた奥深い世界観があり、じっくりと腰を据えて囲炉裏端の酒のように夜を楽しむ。ぽつりぽつりと文化を語る質朴な人柄も好きだ。晩秋の中津川に戻る鮭のように、寒くなると訪ねたくなる。

加賀百万石の金沢は華やかさが町にも表れ、「夜に外出する文化」があるのがうれしい。金沢おでんなどの庶民性も、学生を大切にする気風もいい。金沢を愛する作家はたいへん多く、それは表日本ではない裏日本（褒め言葉）文化への憧れではないか。

私の故郷・松本も国際音楽祭や市民演劇などで文化度が上がり、欧米人客がたいへん増えた。アルプスに囲まれた城下町に白壁蔵の続く町並みは美しく、蕎麦はもちろん、名物山賊焼など居酒屋も充実。信州の酒は今すばらしく、また本格バーも。

どこの町も歩いてまわれる規模がいい。京都、盛岡、金沢、松本に共通するのは大きな川が市内を貫流すること。川のある町は良い町だ。

ああ住みたい。無理だから旅に出よう。昔は日本じゅうを歩いていたが、今は好きな町に繰り返し行くようになった。裏通りも顔なじみの店も自由自在。主人や女将のにっこり迎える顔を見にいく。その町に住む人のように夜を過ごす。

趣味と暮らす

写真を飾る

このごろはスマホでやたらに写真を撮るが、その場かぎり。パソコンに取り込んでも一覧性に欠けて不便だ。結局撮っただけでたいした価値もないものを山のように残すことになる。写真は撮るよりも整理することが大切だ。昔のように、よいものを一点選んで紙焼きプリントで保存することをすすめる。

写真の高い価値は後年見直せる記録性にある。小学校の入学式に校門で撮った一枚が五十年後いかに貴重なものになるか。好きだった女性が写っている若き日よ。それをプリントでつねに手元に置く。画面ではなく物としてあることがポイントだ。画面は結局見ない。

外国旅行などは山のように撮るが、厳選した百枚ほどをプリントに出し、紙製の簡単な透明整理アルバムに編集する。そうしてできた一冊「2015／ウィーン編」は「本」なのでつねに気軽に見られる。パソコンに眠らせてはこういう楽しみはない。

さらにおすすめは、よい一枚を額スタンドに入れて飾ること。外国映画で、家族の歴史を大切にするように写真を何枚も室内に額飾りするのをよく見る。数年前、父母兄の最後の法要で、遠く長野からも親戚が集まったとき、懇意のカメラマンに来てもらい、葬式時の遺影額を膝に全員のきちんとした写真を撮影した。それを大判プリントして配布する際、額スタンド（安価に売っている）を同封した。狙いはこれを置いてもらい、親族の結束を保つことだった。

手もとにある私のもっとも古い写真は、小学二年生ごろ、冬の田舎の家の前の道でよれよれの学生服、黒足袋に下駄で、紐をまいた独楽（こま）を手にうすら笑いしている白黒だ。オレはここから出発したんだ。それを額装して仕事場に置いている。家の居間にある、亡き両親の写真は笑っているのを選んだ。晩酌のとき父にも一杯置くとにっこりしてくれ、隣で母もうれしそうだ。妻は毎日写真にお茶を出してくれている。

寝室には大昔に私が撮った若い父の写真がある。朝一番に「行ってきます」と見ると「よし、行ってこい」、帰ってくると「ごくろう」という顔をする。たまに飲みすぎて不始末な夜などはバツが悪くて顔を見られない。こうして両親は今も生きて見守ってくれている。そこに写真があるからだ。

縁のない趣味

「王の趣味、趣味の王」と言われるのは切手蒐集だ。するのは男だけ。稀少価値の高いものは売買対象になるが、金に替えられないものが真の趣味かもしれない。

男の趣味というとゴルフ、釣り、車、賭事あたりだろうか。でも私はまったくダメ。ゴルフは大昔、独立して事務所をもったとき「仕事に役立つから、ゴルフはやっといたほうがいいよ」とすすめられ練習場に通い、コースにも出た。しかし藪に入ったボールがなかなか出なく、手で拾って運んで打った。そのつどスコアを書くのを忘れたので適当に書いた。どこが面白いかまったくわからず、すっぱり止めた。第一、金がかかりすぎだ。

奥多摩の釣り堀で、他の人はおもしろいように、というかすぐ釣れるのでおもしろくないと言い出したのに、こちらは一尾も釣れず、縁がないと知った。たぶん釣れてもおもしろいと思わなかっただろう。海釣りも少しつきあい、海原は気持ちよかったが竿はもたず昼寝していた。

自動車好きで新車やスポーツカーに乗ったり、ドライブを楽しむ人は多い。私は車に関心はなく運転も嫌いで、免許はとうに返納した。もう事故をおこす心配はない。

ギャンブルはまったく興味なし。昔、麻雀に誘われたがおぼえる気はなく、したがってかならず負ける。負けると掛け金を払うが悔しいとも思わず、勝ったほうもこんなのが相手ではつまらないようで声もかからなくなった。要するに時間の無駄だった。

競馬競輪パチンコに夢中になる男はバカだと思っている。儲かるときもあるらしいが、それで金を手に入れようとは浅ましくないか。目的は金儲けではなく予想のスリルと言うけれど、他人のすることに賭けてもはじまらない。政府は日本にカジノをつくろうとしているが、国民からテラ銭（三〇パーセントとか）を巻きあげて国が儲ける賭博を奨励するとは。汗水流して稼ぐ貴さを否定するのか。

腕時計に凝る男は案外いて、高価なロレックスとかオメガとかを自慢気に腕に巻き、一点豪華主義とのたまう。腕時計は男のロマンなのだそうだ。私は腕に何か巻きついているのが嫌いなのでもっていない。正確には、時間を知るために千円もしない安物がかばんの底に入れてはある。そう、やぼ天です。

岩登りにはまって

では私の趣味は？

まず第一は岩登り、ロッククライミングだ。およそ四十年前、それまでの岩壁にハーケンを打ち込む方法ではなく、自然保護の観点からすべて素手で登る「フリークライミング」がアメリカの本場ヨセミテから日本に伝わり、さっそく講習が盛んになり参加した。

三つ峠や小川山の岩場ゲレンデへ毎週末講習会に通い、山岳会にも入りコーチに習う。専用の靴に履き替え、ザイルの結び方からはじまって、たったひとりで数十メートルもある垂直に近い岩場に取りつくのは怖いが、もちろんハーネス（安全ベルト）をつけ、下でロープ確保しているので転落しても心配はない。慣れると「ワー」とも言わず黙って落ち、そこから再開する。岩場には10とか11とかの難度ランクがあり、少しずつこなしてゆく。腕力は必要だが、岩場の弱点を読んで、そろりそろりと登ってゆく戦略がおもしろく、スポーツでも勝ち負けがあるものや団体競技が苦手の私は、ひとりだけで挑むこれにはまった。

講習会メンバーは年長や女性も多く、そういう人でも楽しめるのがこのスポーツのよさ。事実、誘ってくれた年長の叔母は、私よりもはるかに技術が上で、柔らかな身のこなしで、焦らず着実に高度をかせぎ、到着点につくと「降りまーす」とひと言、息も上げずにするすると降りてきて、コーチをうならせた。

岩登りは夏のものだが、冬は温かい伊豆山中の岩場や、城ヶ崎海岸など海辺の断崖でする。毎年暮れ恒例の山岳会納会は伊豆でおこない、昼は岩登り練習、夜は酒入りの納会で、私はいつもそちらのほうの幹事で張り切った。

力がつくと本番登攀に挑む。谷川岳や穂高岳の屏風岩はながい難所続きで、危険な箇所もワンピッチずつ慎重に登る。この「静かに危険に向きあう」のがいい。

その総仕上げがアイガー峰への海外遠征だったが力不足。その日下山予定を、三日ビバーク（寝袋だけの緊急的な野営）してようやく終えた。命あって下山したときの安堵感は、私に大きな経験となった。70歳を過ぎてもうできないが、たまに山の岩場を見ると、なんとなくルートを探って見る癖（くせ）が残っている。

野外幕営集団

趣味その二はもちろんキャンプ、野営だ。信州育ちの私は、中学校教師だった父の夏休み学校登山キャンプに子どものころから連れられ、何日も泊まった。夜は先生を中心にキャンプファイアを囲み歌をうたう。チビは生徒におもしろがられ、父に「しょんべん？　そのへんでやってこい」と言われ、「カズヒコちゃん、ついてってやるね」と女生徒が立ってくれた。

田舎の高校でも友達とのキャンプは日常だったが、爆発的に熱中したのは椎名誠さんをリーダーとする「あやしい探検隊」のプロ版「いやはや隊」の日々だ。登山家、カヌーイスト、バイク冒険家、アウトドア用具プロ、自然カメラマン、渓流釣り師、山岳雑誌編集者、医師、山好きイラストレーターなどその道のプロが海山川に繰り出して野営を重ねる集団で、私は岩登り派として加わった。隊名は、何か危ないことをくぐり抜けたおっさん連が「いやはや」ともらすのが口癖でそうなったとか。

方法は豪快。現地で椎名さんが「このへん」と幕営場所を決めると、おのおの個人テントを張り、山川なら倒木、海なら流木と、薪集めにすぐさま散る。そして川に浸けておいた缶ビールをプシ。あとはアウトドア料理の達人・林さんに「リンさん、まだあ」と何かねだる。リンさんが「できたよー」の合図にカンカンと中華鍋を叩くと我先に〈蕗と鶏の豆板醤炒め〉などを取りにゆく。みんなで「カンパーイ」などの子どもっぽいことはしない、自分のことしか考えない大人の集団だ。瀬戸内海の無人島で、私は釣り上げた大蛸を粗塩でこする「ぬめり取り」役だったが、はかどらない間に蛸どもは堤防上を逃げ出し、追いかけて剝がすのがタイヘンだった。それを大きな寸胴で茹でタコにしてかぶりついたうまさ。

腹もくちて、真っ暗な星の夜となると、落ち着いてきた焚火の周りに、あぐらをかいたり寝ころんだりのウイスキータイム。かならずいる焚火管理者は薪がなくなると黙って暗い森に入り、大木を引きずってくる。話も尽きたころ、カヌーイストの野田知佑さんが小さなハーモニカを取り出す。曲は「リリー・マルレーヌ」だ。

ああ黄金の日々よ。小型テントひと張りあればなんとかなるという「方丈精神」は、ここで定まったか。

ひとつ釜のめし

山形市にある東北芸工大で教えたゼミ生たちとのキャンプも長年続いている。こちらはいやはや隊のようにワイルドではなく、炊事水場やトイレなどの整った奥多摩の公営キャンプ場からはじめた。参加十数人ほどは未経験者ばかりで寝袋と大型テントを借りる。

まずキャンプサイトの決定だ。学校向け、家族向けなどいろいろある中のもっとも奥地、もうこの先は低い谷川というどん詰まりにした。隣に別チームがいなく、一帯が自分たちだけになることが肝要だ。決めるとすぐさま雨除けタープを張って調理場をつくり、道具や食材を置く。「そっち、もっと引っ張って」とまさに授業のような陣頭指揮。山の夕暮れは早く、暗くならないうちに照明ランタンも吊り下げておかねばならず、自分のテントを張るのは最後だ。

と、あれこれあって、料理達人の焼きたてスペアリブに全員がビール片手に歓声をあげる。これには前史があり、大学夏休み前のゼミ合宿を山の大型ロッジでやり、食事は自炊にしたことだ。炭火を熾し、いやはや隊のリンさんに教わった生姜・ニンニク・人参・ピーマン・唐辛子をたっぷりの醤油に漬けた「リンさん漬」のタレで、肉、魚、ソーセージ、きのこ、茄子などを炭火で焼く「なんでも焼」は、毎年かならず炉端焼き主人が登場。「ししとうは少々お時間を」と取り仕切る。狙いは「ひとつ釜のめし」を食うこと。そうして語り明かすのが若いときには絶対必要だ。

——それも昔。いまや全員が個人テント寝袋もちのすっかりキャンプ好きになり、「先生は寝ててください」と持参のハンモックを吊ってくれる老人あつかい。山形名物「芋煮」は欠かせなくなった。若い奴は成長するなあ。

信州の妹家族とも子連れキャンプを続けた。そのときの女の子が成長して結婚した相手がアウトドア好きで、その三歳の男の子との三人キャンプもはじめ、今年は下の女の子も誘うつもりだ。気がつけば、父、妹家族、その娘家族と三代でキャンプしてきた。幼い子は自然の中で寝泊まりさせるのがいちばん。土の上の小さなテントこそまさに「方丈」。そこでの親との一夜は子どもにとって最良の思い出になる。

自分だけが楽しいゴルフなんかやめろ。大人は子連れ、孫連れキャンプをしろ。

キャンプは質素に

子連れキャンプ推奨と書くまでもなくいまや大流行、シーズンのオートキャンプ場はぎっしりだ。そこに、八畳二間玄関蚊帳(かや)付きのような超大型テントを建て(もはや「張り」ではなく「建て」)、大机、人数分の椅子、皿、調理道具、コーヒー沸かし、ガス台、ストーブ、食器棚、照明などありとあらゆるアウトドア用品を満艦飾にしてキャンプ用品展示場のようだ。テレビ番組で「極上キャンプ」などと、新しい用具を次々に紹介しているからか。感心してよく見ると、調理器具などはピカピカの新品であまり使った形跡はなく、これだけの道具があるのに、スーパーで買ってきたおかずを並べ、自分でつくる気はなさそうだ。設置が終わるとテレビを見たりして家にいるのと変わらない。何しにきたんだ。最近のキャンプ場は炊事場、トイレはもちろん、シャワーや風呂まである。しかしいちばん大切な焚き火はできない。

こういうのは嫌ですね。

大自然の中で工夫して耐乏の一夜を過ごすのがキャンプ。高級スーパーで買ってきた惣菜ではなく、小枝に刺したウインナを自分で焚き火で炙って食べるからこそ「父ちゃん、うまいね」と子どもは喜ぶのだ。衛生観念の強いお母さんにも目をつぶってもらおう。簡単な鍋でつくった父ちゃん料理のちょい辛「鶏こんにゃく炒め」に目を見張られ、こちらも得意だ。ずいぶん昔、三つ峠の岩場に連れていったまだ小学生の甥っ子に、簡単なガスコンロで即席ラーメンをつくって鍋のまま食べさせたのを、大人になったいまも「おじさん、あれはうまかった」と言ってくれる。自然の岩場で目の前でつくったからこそだ。

キャンプ場でもっとも嫌なのは、クリスマスのような電飾モールをいっぱい飾ってチカチカさせる（いるんです、こういう奴が）、音楽をかけたりギターを弾くなど音を出すこと。さすがに注意に行ったら「なんで？」という顔をされた。

これは自衛するしかない。ともかく誰も来ないところにテントを張る。今夜このあたりは自分たちしかいないという暗闇の怖さや緊張感、父ちゃんに連れられたしょんべんで見上げた星。家族の結束の確認になることがキャンプの大きな意義。贅沢に慣れた日常であればこそ、親子で過ごした質素なひと晩は忘れない。

自然の音

朝八時ごろ、寝床から出て両腕回し体操をしていると、開け放った窓から小鳥の鳴き声が聞こえてくる。ピースピースピース、ガガガギーガガガギー、ピューイピューイピューイ、エートトーパーパーエートトーパーパー。言語ではないからオノマトペ（擬声語）は難しい。最後のは山鳩だろうか。

私の部屋はマンション三階の角で、窓外の大樹に鳥がよく来る。あたりは静かで、鳥の声だけがするのはよいものだ。ときどき聞こえてくる小さな子の声もいい。「ミカもいくー」「たべてみ」「それもういらないよ」「みててね」。何してるのかなあと微笑みがわく。

山のキャンプで、さあ寝るかとひとりテントにもぐり込んでヘッドランプを消し、真っ暗になると、それまで気がつかなかった谷川の清流がたいへん大きく聞こえ、これほど眠りにつくのに良い音はない。山の朝ははやく、四時ごろにはいろんな鳥たちの大合唱で目が覚める。自然の音ほど良いものはない。

その反対。町に出れば人工騒音ばかり。特にうるさいのは電車駅で、山手線などは駅ごとにテーマ音楽(?)をがなりかけ、五反田、有楽町、東京駅あたりは「ブカブカブンブカ、ブカブカブンブカ」と大音響やかましいこと限りなく、そこに「電車がまいります黄色い表示の内側に下がって……発車警報音が鳴っておりますかけこみ乗車はおやめください……」など毎度同じアナウンスがふたつのホームで同時に鳴り、もう何を言っているのかわからない。乗れば乗ったで「携帯電話をおもちの方はまわりのご迷惑にならぬようマナーモードか……不審な荷物をお見かけの方は巡回係官または……」、降りれば「向かって右側は男子トイレ、左側は女子トイレ……」。う・る・さ・い!! 男女トイレくらいわかるわい! 録音のエンドレス再生ほど嫌なものはない。何かおきても「注意しておきました」の言い訳か。欧米で乗った列車は、何の放送もないまま時間がきたら黙って発車し、大人だなあと思った。

山の峠の無人駅にひとりでいた。聞こえるのは自然音ばかり。やがてプオーという音とともに電車が一台やってきて、乗ると、黙って発車した。

ただこれだけの至福の時間。

音楽、朝昼晩

仕事場の机の後ろ、左右およそ五メートルの棚にびっしり横一列にレコードが並ぶ。およそ千五百枚くらいか。別の専用棚にはCDが約千枚。どれも若いころからこつこつ買ったものだ。音楽は理屈がないから頭が休まる。感覚と論理、右脳と左脳だったか。原稿で行き詰まったら音楽を聴くのがいちばんだ。

音楽といえばラジオしかなかった貧乏大学生時代から、クラシックは朝聴く習慣がついた。親しんだのはNHK第一・日曜朝八時五分からのシューベルト「楽興の時」ではじまる「音楽の泉」だ。番組の初代解説は堀内敬三（担当・一九四九〜五九年）。私は二代・村田武雄（同・五九〜八八年）から聴きはじめ、三代・皆川達夫と聴いていたが、皆川さんは八八年以来の三十年間を終えて92歳で引退され、一カ月後に亡くなられた。惜しむ新聞投書は、最終回がバッハの「無伴奏バイオリンソナタ」演奏ヘンリク・シェリングであることに感じ入っていた。それは私の愛聴盤で、久しぶりにターンテーブルに乗せた。

夕方、ひと段落の気分になると中南米音楽がいい。軽快なリズム、明るく陽気、そして哀愁は気分転換に最適。ポルトガル語の発音も心地よく、サンバの女王ベッチ・カルヴァーリョはほとんどすべてもっており、繰り返し聴いている。やや暗い声のマイーザもお気に入り。

夜になるとジャズだ。就職した初任給で大覚悟して買ったステレオはすべてモダンジャズのため。名盤をこつこつと体系的に買い、ジャズは聴き尽くした感がある。60歳にオーディオセットを一新すると、楽器演奏よりも人の声がよくなり、聴くのはボーカルばかりになった。真空管アンプの温かな音色は声に合い、音源買いが再燃、探すのは中古レコード店。今やジャズボーカルのおおよそのものはある。

良い盤に当たる確率は五パーセント、二十枚買うと一枚は良いものがある。買っても二度と聴かないものはざら。ずいぶんリスキーと思われるかもしれないが、当たった一枚は生涯座右の宝となる。いくら感動した本でも十回は読まないだろう。しかし名盤は百回以上聴いても感銘は変わらない。たった三分の歌に毎回涙がにじんでくる。

夜聴く音楽は歌がいい。人の声がいい。

魅惑の昭和流行歌

深夜になると歌謡曲だ。歌謡曲のよいところは詞がわかること。外国語のできない私はジャズボーカルや、もちろんサンバなど何を歌っているのか理解できないのがとても残念だ。対訳を読んでも意味だけで、そのフレーズにどんな感情を込めたかは読みとれない。

しかし歌謡曲はちがう。

悲しい恋のなきがらは　そっと流そう泣かないで
かわいあの娘よさようなら……
（松島アキラ「湖愁」）

あるいは、

想い出に降る雨もある　恋にぬれゆく傘もあろ
伊豆の夜雨を湯舟できけば……
（大下八郎「おんなの宿」）

わからないところは何もなく、詞の意味にのせた切々たる感情は文句なしに心に届き、夜おそく一杯やりながら身じろぎもせず聴く歌謡曲は最強だ。時代を超えた不滅の歌を「エバーグリーン」と言うがまさにこれ。

十年ほど前ビクターから、好きな歌謡曲ベスト一〇〇のCDをつくるというすばらしい仕事が来た。この種の全集はたくさん出ていて、自社盤六割ほどに他社を加えて編むので、だいたいが定番ばかりになってしまう。私はヒットしなかったがじつは名曲をメインに、代表曲もおさえて選曲。一方当然入るべき大歌手で省いた人も幾人もいる。小畑実、灰田勝彦、津村謙、藤島桓夫、吉永小百合が多いのは好みだから。

依頼があって最初に確かめたのは、「ビクターではない、ひばり、裕次郎、ちあきなおみは入れられますか?」この三人が入らなければベストとは名乗れず、ひばり、裕次郎は三曲、ちあきは一曲と言われた。苦心の選曲を終えた後は各曲の解説だ。クラシックやジャズにはかならず解説ライナーノートがあるが歌謡アルバムにはない。何万枚売れたといったデータや時代背景などではなく、その曲の音楽的魅力や歌唱の聞きどころを熱心に書いた。もちろんデザインも力を入れて、できあがったタイトルは「太田和彦　いい夜、いい酒、いいメロディ　魅惑の昭和流行歌集」。

夜おそい酒にこれを聴く。いちばんのヘビーユーザーは私だ。

レコード愛

最近の人は音楽はダウンロードやストリーミングで聴くというが、私には何のことかわからない。

音楽はラジオで聴きはじめ、中学生のときは校内放送室にあったレコードプレイヤーでフォスター名曲集などをひとりでかけて聴き、大学に入ると上野の東京文化会館図書室のレコードライブラリーで聴いた。就職して金が入ると真っ先にステレオを買い、銀座のヤマハではじめて買ったレコードは今も愛聴盤の「ザ・ベスト・オブ・ザ・フォーシーズンズ」だった。

戦前の黒く割れやすいエボナイトのレコードSP盤（スタンダードプレイの略）は直径30センチ・78回転で片面およそ五分。長尺の交響曲などは十枚組くらいになる。

戦後に生まれたビニールのLP盤（ロングプレイ）は直径30センチ・33回転で片面およそ二十分。交響曲は裏表で一曲、歌ものは一曲三～四分、表裏で十二曲おさまる。その小型盤25センチは片面十五分ほど、歌なら八曲が手ごろとしてアメリカでも日本でも少数つくられた。17センチのEP盤（エコノミープレイ）は片面七分、表裏で四曲は入る。直径17センチのS盤（シングル）は45回転で音がよく、片面は歌一曲がちょうどおさまり、A面（ヒット狙い）、B面（添え物だがシブイ）として流行歌の定盤になり「何万枚売れた」などと表すのはこれが基準。真ん中の穴を大きくしたドーナツ盤は何枚も重ねて順に落として鳴らすプレーヤー用につくられた。中学生のころラジオにかじりついて聴いた「S盤アワー」（テーマ曲はペレス・プラド楽団「エル・マンボ」）、「L盤アワー」（同、ビリー・ヴォーン楽団「浪路はるかに」）が懐かしい。

LPレコードの魅力は30センチ正方のジャケットデザインだ。美人歌手などはそれ目当てのジャケ買いもある。デザイナーにはおおいに魅力的な仕事で、かつて松任谷由実「PEARL PIERCE」のジャケットデザインをしたとき一緒につくったポスターは、第一回世界ポスタートリエンナーレトヤマ銀賞を得て私の代表作となった。

レコードの魅力は回る盤に乗せた針のそこから音が出ているという「演奏感覚」だ。その最高峰は一ノ関のジャズ喫茶「ベイシー」。巨大なスピーカーからのサウンドは生演奏以上の魅力を引き出している。

NO WAY TO TREAT A LADY
HELEN REDDY

古い日本映画

映画こそわが最大の趣味で、大学生のときはじめた、日付・題名・監督名・劇場・評価を記した映画ノートはずっと続け、一度見たかなという作品はすぐ調べられる。今も年間百五十本を映画館で見る。年間百五十冊の本を読めば読書家といえるだろうがこちらは映画。

映画はもちろん映画館で見る。暗い中でスクリーンに映写する想定でつくられたものだから、そのようにしないと見たとはいえない。部屋のテレビ画面ではストーリーはわかっても細かな演技や映像美はわからない。さらに言えば、映画館で見るよさは、否応なく一時間半なりをそこに集中して我を忘れるところだ。私は無精者で本を読みはじめても一時間もすると飽きて中座するが、映画はそういうことはできず椅子に釘付けになるのがよい。テレビにはその集中がない。

年齢を経るにしたがって好みは古い日本映画になった。そこにある風景や生活、人情や道徳は自分が熟知しているものだ。しだいに過去を振り返るようになったのだろう。さらに往年の、男は男らしく、女は女らしいスターの魅力は今の俳優にはまったく望めない。

東京は新文芸座、ラピュタ阿佐ヶ谷、神保町シアター、シネマヴェーラ渋谷、国立映画アーカイブなど、常時旧作を上映する館がさまざまな特集で競いあいうれしい悲鳴だ。文芸、アチャラカ、アクション、メロドラマ、時代劇、人情劇、ドタバタ、音楽映画、歴史大作、青春、純愛、犯罪、スポーツ、お色気、怪談、仁侠、実録、社会派、特撮、シリーズもの、なんでもござれ。名作でなくてよい、古ければよい。

現役で働いていたころは、やっているのは知っていたが見にいく時間はなかった。それが今できる。映画のよいところは、旧作でもはじめて見る者には新作であること。館内が暗くなればたちまち昔と同じ状態になるところだ。まさに名画座様々。人生は過去に戻れないが、映画は過去に連れていってくれる。

古い日本映画を見るのは、自分の生きてきた時代を確認すること。そこには原節子も、高峰秀子も、久我美子も、高峰三枝子も、有馬稲子も、岡田茉莉子も、若尾文子も、木暮実千代も、美貌のままで生きている。こんなに良い世界があろうか。

舞台のすすめ

大学生のとき新宿で唐十郎の「紅テント」公演に衝撃を受けて以来、つかこうへいや、発足したばかりの東京乾電池にはまり、演劇を見るのは日常のことになった。東京は、明治座、歌舞伎座、新橋演舞場、日生劇場、宝塚など大劇場の商業演劇、六本木俳優座、信濃町文学座、新宿紀伊國屋ホールあたりを中心にした新劇系、そして下北沢の小劇場と、三つの核がある。私は下北沢派。

演劇のおもしろさは、何もない舞台に毎回ゼロからスタートして生身でつくり上げてゆく臨場感にあり、最後に幕が下りると巨大な感動世界がそこに現出していることだ。したがって演劇とは「体験」だ。また演劇人に共通する「芝居で飯は食えない」ことを百も承知した肝の据わった根性は、本当にやりたいことをやっている清々しさがある。私がもっとも尊敬するのは演劇人だ。

演劇は、これと思う作家や劇団に出会ったらとことん追いかけるのがいい。角野卓造さん率いる文学座公演は同じ演目を仙台まで追いかけたこともある。下北沢を中心にした小劇団はみなおもしろく、売れないムードコーラス「山田修とハローナイツ」の内輪もめや哀歓を描いた「星屑の会」にすっかりはまり、カーテンコールで投げ銭したりした。この男くさい集団劇の一方、松金よね子・岡本麗・田岡美也子の女性三人「グループる・ばる」も何十年も追いかけ、その最後の「さよなら身仕舞い公演」は、名舞台を数々生んでいる「二兎社」の女性作家・永井愛に依嘱した作であることもうれしかった。

舞台は俳優を見るもの。男優のひいきは「東京ヴォードヴィルショー」を率いる、ふてぶてしくしつこい演技が売りの佐藤B作や、東京乾電池の綾田俊樹、ベンガル、コント畑の伊東四朗、三宅裕司。女優は華のある戸田恵子、キムラ緑子、あめくみちこ。加藤健一の役者人生五十年記念として佐藤B作と初共演するニール・サイモン「サンシャイン・ボーイズ」はコロナ騒動で一年延期になった。行きますよ。

映画にくらべて演劇は、何カ月も先の予約をして、その日に足を運ばなければいけない大仕事になるが、そうやって足を運んだオレのために熱演してくれる大きな感動がある。まさに人生の活力剤だ。

誰かのために

心のささえ

人は何をささえに生きてゆくか。

ある人は「ツキ」だと言う。うまくゆくと「ツイてる」、ゆかないと「ツキがなかった」と結論づけ、「ツキを呼ぶにはどうするか」を考え博打（ばくち）で練習する。世の中を渡る肝心は「度胸」と言う人もいる。「いざとなれば度胸で勝負」これがあればだいたい解決つく。ヘタに考えてもはじまらんぞ。

いや「根性」だ。根性のない奴は何をやってもダメ。人を選ぶのにそこを見ていれば間違いない。ついでに体力もな。

ちがう、大切なのは「努力」だ。まじめに努力していればいつかは花ひらく。それを見てくれている人もいるはずだ。先生もそう教えた。

人生に大切なものは「愛」でしょう。愛がなくて何のために生きているのか。世の中は人と人でできている。愛あってこその人生、生きる意味ではないか。

「信念」を挙げる人もいる。自分は何者かになりたい、それには信念がなければならない。生きてゆく根本に確固たる信念をもてば、何がおきようとも、たじろぐことも迷うこともない。偉人といわれる人は皆そうだった。

いいえ、生きるうえでもっとも大切なものは「信仰」です。「神」という目に見えないものを信じることほど人を強くするものはない、心の平和に迷いはない。めざすのは聖人か。

ツキ、度胸、根性、努力、愛、信念、信仰。

いずれももっともだが、結局われわれ凡人が頼るのは「努力」だろう。これだけは他力本願ではなく自分でできる。自分の力で得たものには自信をもてる。「ツキ」も「信仰」も要は神だのみ。「愛」で飯は食えない。

そうだよなあ。哲学の知識は何もないが、人生で大事なものは何かなあと考えてしまうなあ。

ツイー……。腹にしみわたる酒よ。贅沢はできないが、毎晩この時間をもてるありがたさ。オレに「ツキ」はあったか、「愛」に恵まれたか。酒よ、お前だけが……

「いい加減に寝てください」金切り声がした。

親の七光り

亡くなった私の兄は電通に就職して間もないころ、こんな話を聞いたそうだ。電通は大企業の息子を優先入社させるのが採用方針で、それはその企業から安定して広告をもらうための人質なんだと。だから聞こえのよい部署に置いておくが、まわりからは「そのための男」としか見られない。つまり実力はいらない。

社会に出てから、有名企業には政治家や大物などの「○○の息子」がコネ入社でいっぱいいることを知った。私のいた会社にもいて、デザイナーなのにすぐ仕事を外注し、自分では何もしない。注意すると「いえ、管理はしっかりやります」と答え（まるで電通）、二度とそいつに仕事はさせず、育てる気持ちもなく見捨てた。使い物にならないままどこかの部署に回されたらしい。

社内ではバカにされながら、辞めさせられることはないにせよ、何もしない閑職のまま定年になってゆくコネ入社のなれの果て。本人に罪はないが、少しでも自尊心があれば、どこに行っても「○○さんの息子」と紹介されるのは恥ずかしいはずだ。今の政治家や代議士の多くは親の七光りでそうなっただけで、むしろそれを売り物に何もしない。できない。いや、しなくてもよいと思っているバカ息子ばかりだ。この税金泥棒め。

ここで我らは声を上げよう。「オレはちがう、オレは自分で苦労してきた」と。

もちろん立派な親をもちながら努力を重ね、大成した方も大勢聞く。親が意識して子を突き放したからか、「親の七光り」と言われたくない意地がそうさせたのか。

親の七光り、とは何だろうか。

私の父は長野県の小中学校教員を勤め、定年後はカネにならない郷土の文化財調査などを続けた。私の進路については何も言わず、黙って貧乏生活の中から学費を出してくれた。母はそんな父に尽くし、それを見て私は育ち、成長させてもらった。

見習うべき人間像、これこそが真の「親の七光り」ではないだろうか。誠実に生きてきた姿こそ、私が教わったことだ。

世の中には無責任なダメ親も大勢いて、子のほうで縁を切った話も聞く。私はちがう。親の七光りに心から感謝している。

謝れるか

安倍前総理が新型コロナウイルス対策で花見の自粛を呼びかけているとき、その妻が芸能人と都内で花見をしている写真が物議をかもした。指摘された前総理は「東京都が自粛を求めている公園での花見ではない」と弁明した。

なんと情けないことか。「妻にきつく注意する」と言えば済むのに、とっさに屁理屈の言い訳をこねて責任逃れするのは幼児性丸出しで、この人はいつもそうだ。厳しく叱られたことがなく甘やかされて育ったんだろう。この件にふれた68歳の人の新聞投書の末尾は「休校中に小遣いをはたいて不足するマスクを手作りし、自治体に寄付した女子中学生もいる。昭恵氏は恥ずかしくないのだろうか」と結ぶ。まことにその通り、この総理にしてこの妻あり。尻に敷かれている哀れさよ。

副総理の麻生某は失言を指摘されると「そういう誤解を与えたとすれば、おわびする」が定番だ。「誤解」「与えたとすれば」と仮定にもってゆき、「そう取るほうがおかしい」という姿勢がありありだ。誤解を生じる発言をしたと省(かえり)みる姿勢がまったくないのは、注意されたことがない育ちの悪さだ。絶対に罷免はないからどう思われようとかまわないという開き直りの傲岸が、口の曲がった顔によく表れている。

　何かを注意された対応にその人が表れる。よく聞いて確かめ、自分はそのつもりではなくともそう取られたのだからこちらに非があり「謝ります、今後じゅうぶん注意します」は当たり前のことだ。真実おぼえのないことであれば全身全霊をかけて誤解を解くもの。口先だけ謝っておけば済むのでは安倍・麻生と変わらない。揚げ句は大臣も官僚もみなこれで逃げればいいんだと真似ている。それどころか嘘もつき通し、しらを切ってはばからない。まったくどいつもこいつも。

　若いときは何か理不尽を言われれば猛然と反論するだろう。しかし人生経験を経た大人はいきなり反論はしない。まずは頭を下げ、中味をよく聞く。そうしているうちに誤解とわかることもある。問題は態度だ。感情的にならず誠実に応えてゆく。謝るべきはきっぱりと謝る。それが相手にも伝わり、逆に信用になってゆくかもしれない。

　大人物ほど人の話をよく聞いて謙虚であるという。すぐ言い訳し、まともに謝ることができず、責任転嫁するのは小人物の証明で恥ずかしい。気をつけよう。

幸せを見つける

定年退職してごろごろしている亭主が邪魔で仕方がない。窓拭きを頼んでも「バケツは？」「ぞうきんは？」とうるさく、自分でするほうがはやい。自分は食べない昼食も用意し、その後片づけも。「もうともかくどこかに行っててよ」「オレが家にいていけないのか」とつまらぬ口論。ああもう……。今でさえこうなのに、ゆくゆく介護までさせられたら、私の人生いったいなんなの。

反省しろ、妻の言う通り。家にいてはいけないのだ。何の役にも立たない目障りな面倒者はどこかに行ってろ、パチンコでもやってろ。

毎朝通う道に、捨てられたゴミを長いトングで黙々と拾ってゆく老人ふたり組がいる。いつもきれいだと思っていたのはこの人たちのおかげだった。区の清掃係ではない有志らしい。

親しくしているある地方都市の居酒屋主人は、空いている昼間、近くのゴミだらけの川をひとりで片づけはじめた。放置自転車などはたいへんだったが、半年、一年も続けると目立ってきれいに青草が目にしみるほどになった。ある若者がきれいになった川でコンサートを開こうと市に申請するとすぐに許可が出た。黙々と川を清掃する姿を見ていた市の人がいたのだろう。今、川にゴミを捨てる人はなくなったそうだ。

子育てを終えた母親がその経験を生かして「子ども食堂」を続けているのはすばらしいと思う。子どもに食べさすくらいお安い御用。第一大勢の子の相手をしているのが楽しい。それを応援して下支えするご主人もいるという。ある食堂主人も百円程度の子ども食堂を週に何日かはじめ、ついでに若い学生に大盛りを食べさせ、子どもの勉強を見させている。仕事を終えてわが子を迎えにくる働くお母さんは、お兄ちゃんと呼ばれている学生に頭を下げて帰るそうだ。

子どもの成長ははやい。子ども食堂に来ていた子もいつのまにか中学生になり野球部に入った。部活の帰りに寄って「こんど試合があるから見にきて」「おう、がんばれよ、勝ったらうちで祝勝会やってやるぞ」「やったー!」。

こんな幸せがあろうか。家で邪魔者あつかいされている場合か。のんべんだらりと介護を待っていていいのか。

最後の目標

会社を退職してしばらくは社員仲間気質が抜けず、元同僚に連絡を取ったりしていたが、一年、二年も過ぎるとそれもなくなり、否応なくひとりを実感する。これからはどういう人間をめざせばよいのだろう。それまでは、自分の力を伸ばす、家族を養う、将来に備えるなど生きる目標があった。その将来になってみたら目標がない。

そうしてわかってきたことがある。社会的地位が高い、低いなどの価値観はとうに消えた。そういうことにこだわる人はつまらん人だ。立身出世をはたした、経済的に成功した。それがどうした。頭がいいとか、リーダーシップがあるとかもどうでもよいことになった。人生の価値観が変わったのだ。

尊敬される人もわかってきた。それは「人柄」だ。あの人は温かい、頼りになる、いてくれると安心感がある。何か相談すると奥深い答えをくれる。人生経験で得た知恵や人の情、世間の道理が身についた年長者だ。そこにお堅い道学者だけではない人間的魅力があれば一層よい。あの人との一杯は楽しい、失敗談もあったり、情にほろりとしたり、知恵があるのに飾らない。そんな人こそ新しい目標ではないか。

簡単なことだ。知恵はともかく心がけだ。相手の話をじっくり聴き、相手の身になって考える。そうすれば答えは見えてくる。これだけでずいぶん信頼を得られる。相談ごとに、ときには小言を言いながら知恵を出す昔の長屋のご隠居だ。要するに「自分を捨て、他人に喜ばれよ」。いい歳をして我利我利亡者はみっともない。

あとひとつ。もう世間に遠慮して小さく生きるのはやめよう。図太くいこうじゃないか。この歳になり成すべきことはもうやった。あとは好きなようにさせてもらおう。第二の人生をカッコよく、女性にもモテたい。爺むさくしてちゃダメだ、若返るかもしれないぞ。

体が衰えるのは仕方がない。しかし頭が衰えるのは努力不足だ。何かを研究する、問題意識をもつ、地域の課題に取り組む、人のために尽くす。打ち込むもののある人は頭がぼけず気持ちも若いので、若い人も集まってくる。

年齢を重ねた最後の目標は、自分という人間の完成だ。愚痴や世間の不平不満ばかりの年寄りの集まりなんで御免だ。

涙の授業

デザイン事務所を続けているとき、山形市にある東北芸術工科大学からデザインを教えてくれないかという依頼があった。デザイン教育を勉強したわけではなく躊躇したが、プロとして現場でやっていることを学生に伝えてほしいということで、それならと引き受けた。

はじめてすぐに後悔した。授業そのものは学生を見て、するべきことはすぐわかったが、毎週二泊三日、三時間かけて山形新幹線で通いはじめると、肝心の自分の本業にたちまち火がつき、いつもいませんねと仕事が来なくなってしまった。しかし学生を預かる立場は簡単に止めるわけにはいかず、覚悟を決めた。

数年後、検査で大腸ガンが見つかり入院手術となった。時期は秋。学生にもっとも大切な卒業制作が佳境に入るときだ。卒制はゼミ単位の指導で、学生は四年生になるとどの教授のゼミに入るかを決める。太田ゼミを志願してくれた十人ほどに、少なくとも一カ月は来られないので、その間するべきことを綿密に指示してきた。

ガンはショックだったが、病気のことは医者にまかすしかないと腹をくくり、家族にはよろしく頼むと入院。幸い軽く済み、術後二週間もすると学生たちが気になって仕方がない。復帰したらまず何をすべきかを毎日考えた。

四十日ほど過ぎた復帰の日、決意をこめてゼミ室に入るとすでに学生は全員着席して待っていた。ながく休んで申し訳ないと言うと、ひとりが後ろ手に隠しもっていた花束を出し「先生、お帰りなさい」と言った。私の目はたちまち涙であふれ、ごましして本題に入るのに時間がかかった。その日からの、自分ながら入魂の指導は、待っていた学生に吸い取り紙のように吸収され、全員がすばらしい作品を完成、他の先生からも称賛された。

このことは自分本位で勝手に生きてきた私に大きな反省を強いた。自分を必要として待っている人がいた。それに応えないでどうする。教えられたのは私だった。

70代も半ばを迎え、何を心がければよいか。それほど役にたたなくても、誰かが自分を必要としてくれたのなら、こんなにうれしいことはない。それには全力で応えたい。それを最後の生き甲斐としよう。

あとがき ——私の方丈記

小著『酒と人生の一人作法』をつくってくれた編集者から、ウェブマガジンでエッセイを連載しませんかと話をいただいた。そういう媒体に関心がなく、本文横組みは認めない私だったが、終了後は本にしますとのことではじめた。

これというテーマはなく、ときどきに思うことを書いてくださいという依頼は、十年ほども続けた週刊誌「サンデー毎日」の連載コラムが終了したので、その続編でいいやというつもりだった。編集者は二週一回でよいと言ったが、週一連載が慣れているのでそうした。

しかし、時おりしもコロナ禍の襲来。週刊誌連載は、町歩き、居酒屋、美術館、映画、演劇、コンサート、旅、など足で書いていた。久しぶりにあの居酒屋の親父の顔を見よう、ついでに銀座のバーへ、あの展覧会は見ておかなければ、季節も良くなったし松本に行くか、京都は今なら空いてるな、と書く材料はいくらでもあり、なければ出かければよかった。

しかしそのすべてはできなくなった。外出自粛で自宅と仕事場を歩いて往復するだけの毎日に、電車に乗るのも、外食も、病院の定期検診までもなくなった。おのずと書くのは取材不要な自分の人生回顧や、それで身に付けたことなどに限られる。難しい論は私には無理だし、取材具体のないことをどう書けばよいかは、編集者の提案した「一回・一〇〇〇字を四編」というフォーマットが役立った。一編一〇〇〇字は原稿としては短く、気軽に読みとばせ、それほど突っ込んで書かなくてもよい。ネット連載は重い内容にならないほうがよいと言われたが、書き手としてはそれでも何かは残ってほしい。

八編ほどの試作を編集者に送ると、これでいきましょうとなった。仕事場から一歩も出られない状態は、まさに方丈の蟄居(ちっきょ)だ。そのとき何を思うか。標題に「方丈記」を拝借して連載がはじまった。

＊

ゆく河の流れは絶えずして、しかも、もとの水にあらず。
よどみに浮かぶうたかたは、
かつ消え、かつ結びて、久しくとどまりたる例なし。

鴨長明「方丈記」の有名な出だしだ。さらにこう続く。

朝に死に、夕に生るるならひ、ただ水の泡にぞ似たりける。

源平が戦い、貴族から武家社会に変わりつつあるころ、京の町は、大地震、大火、辻風、大飢饉、無用な遷都などに翻弄され、路傍には飢餓死人が山をなした。鴨長明は下鴨神社に将来を約束された身だったが、世のあり様に無常観を深め、四畳半ひとつの山里の庵に隠棲して「方丈記」の筆をとる。

阪神淡路・東日本大震災、原発事故、大水害、コロナ禍……。現代もまた大災害の不安にこと欠かず、それを前に自己保身しか考えない為政者の無能も変わらない。他人を告げ口する流言蜚語もさらにまた。

予、ものの心を知れりしより、四十あまりの春秋をおくれる間に、世の不思議を見る事、ややたびたびになりぬ。

――わたしは、人生について悩んだり考えたりしはじめる年齢に達してから、今日までに四十年あまり生きてきたが、この長い歳月を送るあいだに、世の不思議な事件を見ることが、次第に多くなってきた。（中野孝次訳・以降同）

その通りだ。さらに続く。

たびたびの炎上に滅びたる家、また、いくばくぞ。

ただ、仮の庵のみのどけくして、おそれなし。一身を宿すに、不足なし。ほど狭しといへども、夜臥す床あり、昼居る座あり。寄居虫(ごうな)は小さき貝を好む。これ、事知れるよりてなり。鶚(みさご)は荒磯に居る。すなはち、人を恐るるが故なり。われまた、かくのごとし。事を知り、世を知れゝば、願はず、走らず、ただ、静かなるを望みとす。

――たびたびの火事に焼けた家の数は、これまたどれほどになるだろう。そういう中でただ、この仮の住居ばかりは無事おだやかで、何の心配もないのである。手ぜまだといっても、夜寝る寝床はある、昼間の居場所もある。この身一つの宿として何一つ不足はないのだ。ヤドカリは小さな貝を好む。これは一朝事ある時どうなるかを知っているからだ。ミサゴは荒磯にいる。これは人を恐れるからだ。自分もまたかれらと同じだ。一朝事あるときどうなるかを知り、世間の実際を知っているから、世俗の名利を求めず、あくせくしない。ただ、無事で静かにあることだけを望みとし、心配事のないのを楽しみにしてる。

「一朝事あるときどうなるか」はここ十年でよく知った。そのときどうしていればよいかも。名著『清貧の思想』を著した中野孝次はこう解説する。

〈（バブル崩壊や不況に血眼になった後に狐が落ちた、と説き）そして初めて、他人を意識し、他人との競争に明け暮れすることの空しさに気づく。大事なのは自分であって、自分にとって何が必要で何が不要か、それを見定め、自分のために生きるのがあたりまえなのだ、と考えるようになる。基準は他人にではなく、自分にあるのである。〉

※丸括弧内筆者

*

私は四十歳ころまで会社勤めの仕事は熱心だったが、興味のない会議に座っているのが次第に苦痛になり、サボるようになった。もちろん会社員としてはいけないことだが、限られた時間を自分のためだけに使いたい思いがつのって退職した。後年の大学勤めも、授業は集中したが、その他の学校雑務はおよそ適当だった。この自分本位はずっと続き、まあ勝手な奴と思われていただろう。

おほかた、世をのがれ、身を捨てしより、恨みもなく、恐れもなし。
命は天運にまかせて、惜まず、いとはず。
身は浮雲になずらへて、頼まず、まだしとせず。
一期の楽しみは、うたたねの枕にきはまり、生涯の望みはをりをりの美景に残れり。

――世を逃れ、身を捨ててからは、わたしは大体において、恨みもなく、恐れもなくなった。いのちは天運にまかせて、生命を惜しみもせず、死を恐れもしない。この身を浮雲のように思いなしているから、現世の幸運を頼みもせず、また悪運だからといっていとわない。一期の楽しみは、うたたねをする枕に極まり、生涯の望みは、折々に見た美しい景色に残っている。

解説はこう続く。
〈命は天運にまかせて、惜まず、いとはず。これこそ悟りの境地といっていい。一期のたのしみは、そのときどきが与えてくれるものを味わって、心しずかに生きることだ。それでこそ生をたのしむということだ。そういう境地に、ついに長明氏は達したのである。傍目には落魄としか見えないこの方丈の暮しが、実は理想的な生き方の達成になったのである〉

長明は一人の方丈を、典籍のひもときや和歌詠み、また奏じる琵琶に託した。私は一杯の酒だ。独酌に相手はいらない。盃があればよい。豆腐があればなお結構。70歳を過ぎたこの時期に開いた「方丈記」は自分を肯定してくれた。〈一期の楽しみは、うたたねをする枕に極まり〉とあるが、このごろよく眠れる。

令和二年十一月　太田和彦

本書は、亜紀書房ウェブマガジン「あき地」に
連載された原稿（2020年5月25日～10月12日）
をもとに再構成したものです。

撮影協力／矢口書店

JASRAC 出 2009845-001

太田和彦（おおた・かずひこ）

1946年中国・北京生まれ。長野県松本市出身。デザイナー、作家。東京教育大学（現筑波大学）教育学部芸術学科卒業。資生堂宣伝部制作室のアートディレクターを経て独立。2001～08年、東北芸術工科大学教授。本業のかたわら日本各地の居酒屋を訪ね、多数著作を上梓。主な著書に『居酒屋百名山』『ニッポン居酒屋放浪記』『ひとり飲む、京都』『太田和彦の居酒屋味酒覧〈決定版〉精選204』『太田和彦の今夜は家呑み』『町を歩いて、縄のれん』『風に吹かれて、旅の酒』『酒と人生の一人作法』などがある。「太田和彦のふらり旅　新・居酒屋百選」（BS11）出演中。

70歳、これからは湯豆腐 ——私の方丈記

2020年12月15日　第1版第1刷　発行
2021年11月12日　第1版第4刷　発行

著者　太田和彦

発行所　株式会社亜紀書房
〒101-0051　東京都千代田区神田神保町1-32
電話　(03) 5280-0261
http://www.akishobo.com
振替　00100-9-144037

印刷　株式会社トライ　http://www.try-sky.com

ISBN978-4-7505-1675-2